ANDROMAQUE

Tragédie

À Madame[1]

MADAME,

Ce n'est pas sans sujet que je mets votre illustre nom à la tête de cet ouvrage. Et de quel autre nom pourrais-je éblouir les yeux de mes lecteurs, que[2] de celui dont mes spectateurs ont été si heureusement éblouis ? On savait que VOTRE ALTESSE ROYALE avait daigné prendre soin de la conduite de ma tragédie ; on savait que vous m'aviez prêté quelques-unes de vos lumières pour y ajouter de nouveaux ornements ; on savait enfin que vous l'aviez honorée de quelques larmes dès la première lecture que je vous en fis. Pardonnez-moi, MADAME, si j'ose me vanter de cet heureux commencement de sa destinée. Il me console bien glorieusement de la dureté de ceux qui ne voudraient pas s'en laisser toucher[3]. Je leur permets de condamner l'*Andromaque* tant qu'ils voudront, pourvu qu'il me soit permis d'appeler de toutes les subtilités de leur esprit au cœur de VOTRE ALTESSE ROYALE.

Mais, MADAME, ce n'est pas seulement du cœur[4] que vous jugez de la bonté[5] d'un ouvrage, c'est avec une intelligence qu'aucune fausse lueur ne saurait tromper. Pouvons-nous

---

1. *Madame :* il s'agit de la duchesse d'Orléans, Henriette-Anne d'Angleterre, née à Exeter en 1644 et qui mourra en 1670, épouse de Monsieur, titre attribué au frère du roi Louis XIV, Philippe de France, duc d'Orléans. Célèbre pour sa beauté et pour sa bienveillance, elle est ici la protectrice que se choisit Racine. \ **2.** *Que :* ici employé avec le sens de « sinon ». \ **3.** *S'en laisser toucher :* se laisser toucher par ma pièce. \ **4.** *Du cœur :* avec le cœur. \ **5.** *La bonté* représente ici la qualité, la beauté d'un ouvrage.

mettre sur la scène une histoire que vous ne possédiez[1] aussi bien que nous ? Pouvons-nous faire jouer une intrigue dont vous ne pénétriez tous les ressorts ? Et pouvons-nous concevoir des sentiments si nobles et si délicats qui ne soient infiniment au-dessous de la noblesse et de la délicatesse de vos pensées ?

On sait, MADAME, et VOTRE ALTESSE ROYALE a beau s'en cacher, que, dans ce haut degré de gloire où la Nature et la Fortune ont pris plaisir de vous élever, vous ne dédaignez pas cette gloire obscure que les gens de lettres s'étaient réservée. Et il semble que vous ayez voulu avoir autant d'avantage sur notre sexe, par les connaissances et par la solidité de votre esprit, que vous excellez dans le vôtre par toutes les grâces qui vous environnent. La cour vous regarde comme l'arbitre de tout ce qui se fait d'agréable[2]. Et nous qui travaillons pour plaire au public, nous n'avons plus que faire[3] de demander aux savants si nous travaillons selon les règles[4]. La règle souveraine est de plaire à VOTRE ALTESSE ROYALE.

Voilà sans doute la moindre de vos excellentes qualités. Mais, MADAME, c'est la seule dont j'ai pu parler avec quelque connaissance ; les autres sont trop élevées au-dessus de moi. Je n'en puis parler sans les rabaisser par la faiblesse de mes pensées, et sans sortir de la profonde vénération avec laquelle je suis,

MADAME,

DE VOTRE ALTESSE ROYALE,

Le très humble, très obéissant,

et très fidèle serviteur,

RACINE.

1. *Possédiez :* connaissiez. Le récit de la guerre de Troie et de ses conséquences est connu de tous, parfaitement intégré dans la culture. \ **2.** Madame était en effet célèbre pour savoir distinguer et encourager les écrivains. Elle protégea Molière, fit jouer chez elle *Tartuffe*, notamment ; elle proposa le sujet de *Bérénice* à Corneille et Racine… \ **3.** *Nous n'avons plus que faire :* nous n'avons plus à nous préoccuper. \ **4.** *Règles :* il s'agit ici de tous les principes qui régissaient l'écriture des tragédies au XVIIe siècle (voir « L'œuvre dans un genre », p. 151-158).

Première préface [1]

Virgile au troisième livre de l'*Énéide* (c'est Énée qui parle) :

Littoraque Epiri legimus, portuque subimus
Chaonio, et celsam Buthroti ascendimus urbem [...]
Solemnes tum forte dapes et tristia dona [...]
Libabat cineri Andromache, Manesque vocabat
Hectoreum ad tumulum, viridi quem cespite inanem,
Et geminas, causam lacrymis, sacraverat aras [...]
Dejecit vultum, et demissa voce locuta est :
O felix una ante alias Priameia virgo,
Hostilem ad tumulum, Trojæ sub mœnibus altis,
Jussa mori, quæ sortitus non pertulit ullos,
Nec victoris heri tetigit captiva cubile !
Nos, patria incensa, diversa per æquora vectæ,
Stirpis Achilleæ fastus, juvenemque superbum,
Servitio enixæ, tulimus, qui deinde secutus
Ledæam Hermionem, Lacedæmoniosque hymenæos [...]
Ast illum, eraptæ magno inflammatus amore

1. Rédigée en 1668 pour répondre aux critiques adressées à la pièce, elle figura aussi au début de l'édition de 1673.

Conjugis, et scelerum Furiis agitatus, Orestes
Excipit incautum, patriasque obtruncat ad aras[1].

Voilà, en peu de vers, tout le sujet de cette tragédie. Voilà le lieu de la scène, l'action qui s'y passe, les quatre principaux acteurs[2], et même leurs caractères. Excepté celui d'Hermione dont la jalousie et les emportements sont assez marqués dans l'*Andromaque* d'Euripide.

Mais véritablement mes personnages sont si fameux dans l'Antiquité, que, pour peu qu'on la connaisse, on verra fort bien que je les ai rendus tels que les anciens poètes nous les ont donnés. Aussi n'ai-je pas pensé qu'il me fût permis de rien changer à leurs mœurs. Toute la liberté que j'ai prise, ç'a été d'adoucir un peu la férocité de Pyrrhus, que Sénèque, dans sa *Troade*, et Virgile, dans le second[3] de l'*Énéide*, ont poussée beaucoup plus loin que je n'ai cru le devoir faire.

Encore s'est-il trouvé des gens qui se sont plaints qu'il s'emportât contre Andromaque, et qu'il voulût épouser une captive à quelque prix que ce fût. J'avoue qu'il n'est pas assez résigné à la volonté de sa maîtresse, et que Céladon a

---

1. Voici une traduction littérale de ces vers : « Nous longeons le rivage d'Épire et nous entrons dans le port de Chaonie et nous montons vers la ville de Buthrote… À cet instant, dans un bois sacré, aux portes de la ville, près d'une rivière, la triste Andromaque présentait des libations et des offrandes funéraires aux cendres d'Hector, elle invoquait ses Mânes près de son tombeau, vide, recouvert d'une herbe verte et sacrifiait sur les deux autels qu'elle avait consacrés pour y verser des larmes… Elle baissa les yeux et, d'une voix basse, dit : « Ô heureuse entre toutes est la vierge, fille de Priam, qui fut condamnée à mourir sur le tombeau d'un ennemi, sous les hauts remparts de Troie ! Elle n'eut à subir aucun partage par le sort, elle n'entra pas en captive dans la couche du vainqueur, son maître. Mais, nous, notre patrie incendiée, transportée sur des eaux lointaines, nous avons dû subir l'orgueil du fils d'Achille, son mépris juvénile, nous sommes devenue mère dans l'esclavage, et nous l'avons vu ensuite s'attacher à Hermione, héritière de la race de Léda, et même l'épouser, la Lacédémonienne… Alors Oreste, brûlé par un amour ardent pour celle qui lui était promise et qu'on lui arrachait, harcelé par les Furies, qui vengent les crimes, surprit le roi Pyrrhus devant les autels de ses pères et l'égorgea. » \ **2.** Les *acteurs* de la tragédie sont les personnages de la pièce. \ **3.** Le second livre.

mieux connu que lui le parfait amour[1]. Mais que faire? Pyrrhus n'avait pas lu nos romans. Il était violent de son naturel. Et tous les héros ne sont pas faits pour être des Céladons.

Quoi qu'il en soit, le public m'a été trop favorable pour m'embarrasser du chagrin[2] particulier de deux ou trois personnes qui voudraient qu'on réformât tous les héros de l'Antiquité pour en faire des héros parfaits. Je trouve leur intention fort bonne de vouloir qu'on ne mette sur la scène que des hommes impeccables. Mais je les prie de se souvenir que ce n'est point à moi de changer les règles du théâtre. Horace nous recommande de dépeindre Achille farouche, inexorable, violent, tel qu'il était, et tel qu'on dépeint son fils[3]. Et Aristote, bien éloigné de nous demander des héros parfaits, veut au contraire que les personnages tragiques, c'est-à-dire ceux dont le malheur fait la catastrophe de la tragédie, ne soient ni tout à fait bons ni tout à fait méchants. Il ne veut pas qu'ils soient extrêmement bons, parce que la punition d'un homme de bien exciterait plutôt l'indignation que la pitié du spectateur; ni qu'ils soient méchants avec excès, parce qu'on n'a point pitié d'un scélérat. Il faut donc qu'ils aient une bonté médiocre, c'est-à-dire une vertu capable de faiblesse, et qu'ils tombent dans le malheur par quelque faute, qui les fasse plaindre sans les faire détester[4].

1. *Céladon :* personnage célèbre de *L'Astrée*, roman d'Honoré d'Urfé (1567-1625). Type du « dévot d'amour », il est celui qui est heureux de souffrir de la main même de celle qu'il aime. Désespéré parce que sa maîtresse lui a interdit de la revoir, il se précipite dans le Lignon, une rivière au bord de laquelle les héros du roman se parlent fréquemment d'amour. \ **2.** *Pour m'embarrasser du chagrin :* pour que je m'embarrasse. L'infinitif a un autre sujet que le verbe de la proposition principale; le tour est usuel au XVIIe siècle. \ **3.** Horace, poète latin du Ier siècle av. J.-C., établit cette recommandation dans son *Épître aux Pisons*. \ **4.** Aristote établit au IVe siècle av. J.-C. les principales règles de la tragédie (et de l'épopée) dans sa *Poétique*. (Les recommandations citées par Racine se trouvent dans le chap. XIII.)

Seconde préface [1]

Virgile au troisième livre de l'*Énéide* (c'est Énée qui parle) :

Littoraque Epiri legimus, portuque subimus
Chaonio, et celsam Buthroti ascendimus urbem [...]
Solemnes tum forte dapes et tristia dona [...]
Libabat cineri Andromache, Manesque vocabat
Hectoreum ad tumulum, viridi quem cespite inanem,
Et geminas, causam lacrymis, sacraverat aras [...]
Dejecit vultum, et demissa voce locuta est :
O felix una ante alias Priameia virgo,
Hostilem ad tumulum, Trojæ sub mœnibus altis,
Jussa mori, quæ sortitus non pertulit ullos,
Nec victoris heri tetigit captiva cubile !
Nos, patria incensa, diversa per æquora vectæ,
Stirpis Achilleæ fastus, juvenemque superbum,
Servitio enixæ, tulimus, qui deinde secutus
Ledæam Hermionem, Lacedæmoniosque hymenæos [...]
Ast illum, ereptæ magno inflammatus amore
Conjugis, et scelerum Furiis agitatus, Orestes
Excipit incautum, patriasque obtruncat ad aras.

1. Écrite en 1676, elle figure ensuite dans toutes les éditions. Moins combative que la première, parce que le talent de Racine n'est plus contesté avec la même virulence, cette préface introduit une intéressante comparaison entre la pièce et ses modèles.

Voilà, en peu de vers, tout le sujet de cette tragédie, voilà le lieu de la scène, l'action qui s'y passe, les quatre principaux acteurs, et même leurs caractères. Excepté celui d'Hermione dont la jalousie et les emportements sont assez marqués dans l'*Andromaque* d'Euripide.

C'est presque la seule chose que j'emprunte ici de cet auteur. Car, quoique ma tragédie porte le même nom que la sienne, le sujet en est cependant très différent. Andromaque, dans Euripide, craint pour la vie de Molossus, qui est un fils qu'elle a eu de Pyrrhus et qu'Hermione veut faire mourir avec sa mère. Mais ici il ne s'agit point de Molossus : Andromaque ne connaît point d'autre mari qu'Hector, ni d'autre fils qu'Astyanax. J'ai cru en cela me conformer à l'idée que nous avons maintenant de cette princesse. La plupart de ceux qui ont entendu parler d'Andromaque ne la connaissaient guère que pour la veuve d'Hector et pour la mère d'Astyanax. On ne croit point qu'elle doive aimer ni un autre mari, ni un autre fils ; et je doute que les larmes d'Andromaque eussent fait sur l'esprit de mes spectateurs l'impression qu'elles y ont faite, si elles avaient coulé pour un autre fils que celui qu'elle avait d'Hector.

Il est vrai que j'ai été obligé de faire vivre Astyanax un peu plus qu'il n'a vécu ; mais j'écris dans un pays où cette liberté ne pouvait pas être mal reçue. Car, sans parler de Ronsard[1], qui a choisi ce même Astyanax pour le héros de sa *Franciade*, qui ne sait que l'on fait descendre nos anciens rois de ce fils d'Hector, et que nos vieilles chroniques[2] sauvent la vie à ce jeune prince, après la désolation de son pays, pour en faire le fondateur de notre monarchie ?

1. Ronsard, poète de la Pléiade qui écrivit en 1574 *La Franciade*, texte dans lequel, s'appuyant sur une légende, il présente les rois de France comme des héritiers et des descendants de Francus (ou Francion), c'est-à-dire d'Astyanax, le fils d'Hector. \ **2.** *Les vieilles chroniques :* les *Grandes Chroniques de France* sont en effet à l'origine de cette légende.

Combien Euripide a-t-il été plus hardi dans sa tragédie d'*Hélène* ! il y choque ouvertement la créance[1] commune de toute la Grèce : il suppose qu'Hélène n'a jamais mis le pied dans Troie, et qu'après l'embrasement de cette ville, Ménélas trouve sa femme en Égypte, dont elle n'était point partie ; tout cela fondé sur une opinion qui n'était reçue que parmi les Égyptiens, comme on le peut voir dans Hérodote[2].

Je ne crois pas que j'eusse besoin de cet exemple d'Euripide pour justifier le peu de liberté que j'ai prise. Car il y a bien de la différence entre détruire le principal fondement d'une fable et en altérer quelques incidents, qui changent presque de face dans toutes les mains qui les traitent. Ainsi Achille, selon la plupart des poètes, ne peut être blessé qu'au talon, quoique Homère le fasse blesser au bras[3], et ne le croie invulnérable en aucune partie de son corps. Ainsi Sophocle[4] fait mourir Jocaste aussitôt après la reconnaissance d'Œdipe, tout au contraire d'Euripide qui la fait vivre jusqu'au combat et à la mort de ses deux fils[5]. Et c'est à propos de quelque contrariété[6] de cette nature qu'un ancien commentateur de Sophocle remarque fort bien « qu'il ne faut point s'amuser à chicaner les poètes pour quelques changements qu'ils ont pu faire dans la fable ; mais qu'il faut s'attacher à considérer l'excellent usage qu'ils ont fait de ces changements, et la manière ingénieuse dont ils ont su accommoder la fable à leur sujet[7] ».

1. *Créance :* croyance. \ **2.** *Hérodote :* historien grec du ve siècle av. J.-C. (*Histoires*, livre II, chap. 113-115). \ **3.** Homère, *Iliade*, chant XXI, v. 161 et suivants. \ **4.** Sophocle, auteur grec de tragédies (ve siècle av. J.-C.), a écrit deux pièces sur Œdipe. Racine fait ici allusion à *Œdipe Roi* (vers 1224 et suivants). \ **5.** Dans *Les Phéniciennes*, v. 1256-1460. \ **6.** *Contrariété :* contradiction. \ **7.** Racine fait sans doute ici allusion à l'allemand Camerarius qui, au XVIe siècle, commenta les vers 540-542 d'*Électre* de Sophocle.

Acteurs [1]

ANDROMAQUE, veuve d'Hector, captive de Pyrrhus.
PYRRHUS, fils d'Achille, roi d'Épire.
ORESTE, fils d'Agamemnon.
HERMIONE, fille d'Hélène, accordée [2] avec Pyrrhus.
PYLADE, ami d'Oreste.
CLÉONE, confidente d'Hermione.
CÉPHISE, confidente d'Andromaque.
PHŒNIX, gouverneur d'Achille, et ensuite de Pyrrhus.
Suite d'Oreste.

La scène est à Buthrot [3], ville d'Épire, dans une salle du palais de Pyrrhus.

1. *Acteurs :* personnages. \ 2. *Accordée avec :* fiancée avec, promise à. \ 3. *Buthrot :* à partir de 1697, toutes les éditions portent l'orthographe *Buthrote*.

Acte premier

Scène I

ORESTE, PYLADE

ORESTE

Oui, puisque je retrouve un ami si fidèle,
Ma fortune[1] va prendre une face nouvelle ;
Et déjà son courroux semble s'être adouci
Depuis qu'elle a pris soin de nous rejoindre[2] ici.
Qui l'eût dit, qu'un rivage à mes vœux si funeste[3]
Présenterait d'abord[4] Pylade aux yeux d'Oreste ?
Qu'après plus de six mois que je t'avais perdu,
À la cour de Pyrrhus tu me serais rendu ?

PYLADE

J'en rends grâces au ciel qui, m'arrêtant sans cesse,
Semblait m'avoir fermé le chemin de la Grèce,
Depuis le jour fatal que[5] la fureur des eaux
Presque aux yeux de[6] l'Épire écarta[7] nos vaisseaux.
Combien, dans cet exil[8], ai-je souffert d'alarmes[9] !
Combien à vos malheurs ai-je donné de larmes,
Craignant toujours pour vous quelque nouveau danger

---

1. *Fortune :* destin, destinée, sort. \ **2.** *Rejoindre :* réunir. \ **3.** Qu'un rivage si fatal à mon amour. \ **4.** *D'abord :* dès mon arrivée, en premier. \ **5.** *Que :* où. \ **6.** *Aux yeux de :* alors que nous étions presque en vue de. \ **7.** *Écarta :* éloigna, sépara. \ **8.** *Exil :* séparation. \ **9.** *Alarmes :* inquiétudes.

Que ma triste amitié ne pouvait partager !
Surtout je redoutais cette mélancolie[1]
Où j'ai vu si longtemps votre âme ensevelie.
Je craignais que le Ciel, par un cruel secours,
Ne vous offrît la mort que vous cherchiez toujours.
Mais je vous vois, Seigneur ; et si j'ose le dire,
Un destin plus heureux vous conduit en Épire :
Le pompeux appareil[2] qui suit ici vos pas
N'est point d'un malheureux qui cherche le trépas[3].

ORESTE

Hélas ! qui peut savoir le destin qui m'amène ?
L'amour me fait ici chercher une inhumaine[4].
Mais qui sait ce qu'il doit ordonner de mon sort,
Et si je viens chercher ou la vie ou la mort ?

PYLADE

Quoi ? votre âme à l'amour en esclave asservie
Se repose sur lui du soin de votre vie ?
Par quel charme[5], oubliant tant de tourments soufferts,
Pouvez-vous consentir à rentrer dans ses fers[6] ?
Pensez-vous qu'Hermione, à Sparte inexorable,
Vous prépare en Épire un sort plus favorable ?
Honteux d'avoir poussé[7] tant de vœux superflus,

1. La *mélancolie* est une « humeur noire » caractérisée, pour les médecins du temps, par un état de tristesse, une irritabilité, un chagrin invétéré. Le mot désignait également un délire causé par une surabondance de cette bile, une forme de chagrin pouvant aller jusqu'à commettre un crime. L'*atrabilaire*, c'est-à-dire l'homme gouverné par sa bile noire, est, à cette époque, considéré comme un mélancolique, un être malade qui hait toute compagnie. Alceste, le misanthrope, celui qui déteste les êtres humains dans la pièce de Molière, en est un exemple crédible. \ **2.** *Appareil :* escorte brillante, cortège solennel qui accompagne l'ambassadeur. \ **3.** *Trépas :* mort (*cf.* trépasser). \ **4.** *Inhumaine :* jeune fille cruelle, insensible, indifférente à son amour. \ **5.** *Charme* a encore au XVIIe siècle le sens fort de « sortilège », d'« enchantement de nature magique ». \ **6.** *Fers :* métaphore galante qui désigne symboliquement l'esclavage amoureux ; l'amant est captif, prisonnier de l'amour et de celle qu'il aime. \ **7.** *Avoir poussé :* ici synonyme d'exprimer avec passion, avec force (pousser des soupirs amoureux).

Vous l'abhorriez[1] ; enfin vous ne m'en parliez plus.
Vous me trompiez, Seigneur.

ORESTE

Je me trompais moi-même !
Ami, n'accable point un malheureux qui t'aime.
T'ai-je jamais caché mon cœur et mes désirs ?
Tu vis naître ma flamme[2] et mes premiers soupirs.
Enfin, quand Ménélas disposa de sa fille
En faveur de Pyrrhus, vengeur de sa famille,
Tu vis mon désespoir ; et tu m'as vu depuis
Traîner de mers en mers ma chaîne[3] et mes ennuis[4].
Je te vis à regret, en cet état funeste,
Prêt à suivre partout le déplorable[5] Oreste,
Toujours de ma fureur interrompre le cours,
Et de moi-même enfin me sauver tous les jours.
Mais quand je me souvins que parmi tant d'alarmes
Hermione à Pyrrhus prodiguait tous ses charmes[6],
Tu sais de quel courroux[7] mon cœur alors épris[8]
Voulut en l'oubliant punir tous ses mépris.
Je fis croire et je crus ma victoire certaine ;
Je pris tous mes transports pour des transports[9] de haine.
Détestant ses rigueurs, rabaissant ses attraits,
Je défiais ses yeux de me troubler jamais.
Voilà comme[10] je crus étouffer ma tendresse.
En ce calme trompeur j'arrivai dans la Grèce,
Et je trouvai d'abord ses princes rassemblés,

1. *Abhorriez :* détestiez. \ **2.** *Flamme :* métaphore galante traditionnelle pour exprimer la passion qui brûle, consume l'amoureux. \ **3.** Voir note 6, p. 20. \ **4.** *Ennuis :* le mot a un sens très fort au XVIIe siècle. Il désigne des peines profondes, des tourments, des chagrins violents. \ **5.** *Déplorable :* digne d'inspirer les larmes, la pitié. \ **6.** Voir note 5, p. 20. Hermione déployait tous ses enchantements, tous ses sortilèges pour le séduire. \ **7.** *Courroux :* colère. \ **8.** *Épris :* saisi, entraîné ici par la colère. \ **9.** *Transports :* manifestations d'un sentiment fort. \ **10.** *Comme :* comment.

Qu'un péril assez grand semblait avoir troublés.
J'y courus. Je pensai que la guerre et la gloire
De soins [1] plus importants rempliraient ma mémoire;
Que mes sens [2] reprenant leur première vigueur,
L'amour achèverait de sortir de mon cœur.
Mais admire [3] avec moi le sort dont la poursuite [4]
Me fit courir alors au piège que j'évite.
J'entends de tous côtés qu'on menace Pyrrhus;
Toute la Grèce éclate en murmures confus;
On se plaint qu'oubliant son sang [5] et sa promesse
Il élève en sa cour l'ennemi de la Grèce,
Astyanax, d'Hector jeune et malheureux fils,
Reste [6] de tant de rois sous Troie ensevelis.
J'apprends que pour ravir son enfance au supplice
Andromaque trompa l'ingénieux Ulysse [7],
Tandis qu'un autre enfant, arraché de ses bras,
Sous le nom de son fils fut conduit au trépas.
On dit que peu sensible aux charmes d'Hermione
Mon rival porte ailleurs son cœur et sa couronne.
Ménélas, sans le croire, en paraît affligé,
Et se plaint d'un hymen [8] si longtemps négligé.
Parmi les déplaisirs [9] où son âme se noie,
Il s'élève en la mienne une secrète joie :
Je triomphe; et pourtant je me flatte [10] d'abord
Que la seule vengeance excite ce transport.
Mais l'ingrate en mon cœur reprit bientôt sa place :
De mes feux [11] mal éteints je reconnus la trace;

1. *Soins :* préoccupations, soucis. \ **2.** *Sens :* jugement (*cf.* reprendre ses sens : reprendre ses esprits). \ **3.** *Admire* conserve ici son sens latin de « considère avec étonnement ». \ **4.** *Poursuite :* acharnement. \ **5.** *Sang :* sa famille (Achille, roi grec) et ses alliés (grecs eux aussi). \ **6.** *Reste :* seul survivant, dernier descendant, héritier ultime. \ **7.** Racine reprend ici l'expression utilisée par Homère pour désigner Ulysse. \ **8.** *Hymen :* mariage. \ **9.** *Déplaisirs* a un sens fort : « profonde douleur, désespoir, malheur, angoisse, peine ». \ **10.** *Je me flatte :* j'essaie de me convaincre. \ **11.** *Feux :* amour. Voir note 2, p. 21.

Je sentis que ma haine allait finir son cours,
Ou plutôt je sentis que je l'aimais toujours.
Ainsi de tous les Grecs je brigue le suffrage[1].
On m'envoie à Pyrrhus ; j'entreprends ce voyage,
Je viens voir si l'on peut arracher de ses bras
Cet enfant dont la vie alarme tant d'États.
Heureux si je pouvais, dans l'ardeur qui me presse,
Au lieu d'Astyanax, lui ravir ma princesse !
Car enfin n'attends pas que mes feux redoublés
Des périls les plus grands puissent être troublés.
Puisque après tant d'efforts ma résistance est vaine,
Je me livre en aveugle au destin qui m'entraîne.
J'aime : je viens chercher Hermione en ces lieux,
La fléchir, l'enlever, ou mourir à ses yeux.
Toi qui connais Pyrrhus, que penses-tu qu'il fasse ?
Dans sa cour, dans son cœur, dis-moi ce qui se passe.
Mon Hermione encor le tient-elle asservi ?
Me rendra-t-il, Pylade, un bien qu'il m'a ravi ?

Pylade

Je vous abuserais[2] si j'osais vous promettre
Qu'entre vos mains, Seigneur, il voulût la remettre.
Non que de sa conquête il paraisse flatté ;
Pour la veuve d'Hector ses feux ont éclaté ;
Il l'aime. Mais enfin cette veuve inhumaine
N'a payé jusqu'ici son amour que de haine ;
Et chaque jour encore on lui voit tout tenter
Pour fléchir sa captive, ou pour l'épouvanter.
De son fils qu'il lui cache il menace la tête[3],
Et fait couler des pleurs qu'aussitôt il arrête.
Hermione elle-même a vu plus de cent fois

1. *Je brigue le suffrage :* j'essaie de me faire élire, choisir. \ **2.** *Abuserais :* tromperais. \ **3.** Il menace donc de tuer l'enfant.

Cet amant[1] irrité revenir sous ses lois,
Et de ses vœux troublés lui rapportant l'hommage,
Soupirer à ses pieds moins d'amour que de rage.
Ainsi n'attendez pas que l'on puisse aujourd'hui
Vous répondre d'un cœur si peu maître de lui :
Il peut, Seigneur, il peut, dans ce désordre extrême,
Épouser ce qu'il hait, et punir ce qu'il aime.

ORESTE

Mais dis-moi de quel œil Hermione peut voir
Son hymen différé, ses charmes sans pouvoir.

PYLADE

Hermione, Seigneur, au moins en apparence,
Semble de son amant dédaigner l'inconstance,
Et croit que trop heureux de fléchir sa rigueur
Il la viendra presser de reprendre son cœur.
Mais je l'ai vue enfin me confier ses larmes ;
Elle pleure en secret le mépris de ses charmes.
Toujours prête à partir, et demeurant toujours,
Quelquefois elle appelle Oreste à son secours.

ORESTE

Ah ! si je le croyais, j'irais bientôt, Pylade,
Me jeter…

PYLADE

Achevez, Seigneur, votre ambassade.
Vous attendez le roi : parlez, et lui montrez
Contre le fils d'Hector tous les Grecs conjurés.
Loin de leur accorder ce fils de sa maîtresse[2],

1. *Amant* et *amante* au XVIIe siècle désignent celui et celle qui aiment, le soupirant, l'amoureuse. \ 2. *Maîtresse :* la femme aimée (et qui n'aime pas nécessairement).

Leur haine ne fera qu'irriter[1] sa tendresse.
Plus on les veut brouiller, plus on va les unir.
Pressez[2], demandez tout, pour ne rien obtenir.
Il vient.

ORESTE

Eh bien ! va donc disposer la cruelle
À revoir un amant qui ne vient que pour elle.

Scène II

PYRRHUS, ORESTE, PHŒNIX

ORESTE

Avant que tous les Grecs vous parlent par ma voix,
Souffrez que j'ose ici me flatter de leur choix,
Et qu'à vos yeux, Seigneur, je montre quelque joie
De voir le fils d'Achille et le vainqueur de Troie.
Oui, comme ses exploits nous admirons vos coups[3] :
Hector tomba sous lui[4], Troie expira sous vous ;
Et vous avez montré, par une heureuse audace,
Que le fils seul d'Achille a pu remplir sa place.
Mais, ce qu'il n'eût point fait, la Grèce avec douleur
Vous voit du sang troyen relever le malheur[5],
Et vous laissant toucher d'une pitié funeste,
D'une guerre si longue entretenir le reste[6].
Ne vous souvient-il plus[7], Seigneur, quel[8] fut Hector ?
Nos peuples affaiblis s'en souviennent encor.

1. *Irriter :* rendre plus forte, plus vive. \ **2.** *Pressez :* demandez, soyez pressant. \ **3.** *Coups :* actions d'éclat, victoires, exploits. \ **4.** *Lui :* Achille. \ **5.** *Relever le malheur :* redonner vie, rendre de l'espoir, de la force. \ **6.** *Le reste* désigne le survivant, Astyanax, protégé par Pyrrhus. \ **7.** *Ne vous souvient-il plus :* ne vous souvenez-vous plus. \ **8.** *Quel :* quel homme, quel héros.

Son nom seul fait frémir nos veuves et nos filles,
Et dans toute la Grèce il n'est point de familles
Qui ne demandent compte à ce malheureux fils
D'un père ou d'un époux qu'Hector leur a ravis.
Et qui sait ce qu'un jour ce fils peut entreprendre ?
Peut-être dans nos ports nous le verrons descendre,
Tel qu'on a vu son père embraser nos vaisseaux,
Et, la flamme à la main, les suivre sur les eaux.
Oserai-je, Seigneur, dire ce que je pense ?
Vous-même de vos soins craignez la récompense [1],
Et que dans votre sein ce serpent élevé
Ne vous punisse un jour de l'avoir conservé.
Enfin de tous les Grecs satisfaites l'envie,
Assurez leur vengeance, assurez votre vie ;
Perdez un ennemi d'autant plus dangereux
Qu'il s'essaiera sur vous à combattre contre eux.

Pyrrhus

La Grèce en ma faveur est trop inquiétée [2].
De soins plus importants je l'ai crue agitée,
Seigneur, et sur le nom de son ambassadeur,
J'avais dans ses projets conçu plus de grandeur.
Qui croirait en effet qu'une telle entreprise
Du fils d'Agamemnon méritât l'entremise ;
Qu'un peuple tout entier, tant de fois triomphant,
N'eût daigné conspirer que la mort d'un enfant ?
Mais à qui prétend-on que je le sacrifie ?
La Grèce a-t-elle encor quelque droit sur sa vie ?
Et seul de tous les Grecs ne m'est-il pas permis
D'ordonner d'un captif que le sort m'a soumis ?
Oui, Seigneur, lorsqu'au pied des murs fumants de Troie

1. *La récompense* désigne tout ce que l'on peut recevoir, en bien ou en mal. \ 2. La Grèce s'inquiète trop pour moi.

Les vainqueurs tout sanglants partagèrent leur proie,
Le sort[1], dont les arrêts[2] furent alors suivis,
Fit tomber en mes mains Andromaque et son fils.
Hécube près d'Ulysse acheva sa misère;
Cassandre dans Argos a suivi votre père;
Sur eux, sur leurs captifs, ai-je étendu mes droits?
Ai-je enfin disposé du fruit de leurs exploits?
On craint qu'avec Hector Troie un jour ne renaisse;
Son fils peut me ravir le jour que je lui laisse :
Seigneur, tant de prudence entraîne trop de soin;
Je ne sais point prévoir les malheurs de si loin.
Je songe quelle était autrefois cette ville
Si superbe en remparts, en héros si fertile,
Maîtresse de l'Asie; et je regarde enfin
Quel fut le sort de Troie, et quel est son destin.
Je ne vois que des tours que la cendre a couvertes,
Un fleuve teint de sang, des campagnes désertes,
Un enfant dans les fers; et je ne puis songer
Que Troie en cet état aspire à se venger.
Ah! si du fils d'Hector la perte était jurée,
Pourquoi d'un an entier l'avons-nous différée?
Dans le sein de Priam n'a-t-on pu l'immoler?
Sous tant de morts, sous Troie, il fallait l'accabler[3].
Tout était juste alors : la vieillesse et l'enfance
En vain sur leur faiblesse appuyaient leur défense;
La victoire et la nuit, plus cruelles que nous,
Nous excitaient au meurtre, et confondaient nos coups.
Mon courroux aux vaincus ne fut que trop sévère.
Mais que ma cruauté survive à ma colère?
Que malgré la pitié dont je me sens saisir,

1. *Le sort :* le partage fut fait par tirage au sort. \ **2.** *Arrêts :* décisions. \ **3.** *L'accabler :* le terrasser, l'enfouir.

Dans le sang d'un enfant je me baigne à loisir ?
Non, Seigneur : que les Grecs cherchent quelque autre proie ;
Qu'ils poursuivent ailleurs ce qui reste de Troie :
De mes inimitiés le cours est achevé ;
L'Épire sauvera ce que Troie a sauvé.

ORESTE

Seigneur, vous savez trop avec quel artifice[1]
Un faux Astyanax fut offert au supplice
Où le seul fils d'Hector devait être conduit.
Ce n'est pas les Troyens, c'est Hector qu'on poursuit.
Oui, les Grecs sur le fils persécutent le père ;
Il a par trop de sang acheté leur colère,
Ce n'est que dans le sien qu'elle peut expirer,
Et jusque dans l'Épire il les peut attirer.
Prévenez-les[2].

PYRRHUS

Non, non. J'y consens avec joie !
Qu'ils cherchent dans l'Épire une seconde Troie ;
Qu'ils confondent[3] leur haine, et ne distinguent plus
Le sang qui les fit vaincre et celui des vaincus.
Aussi bien ce n'est pas la première injustice
Dont la Grèce d'Achille a payé le service.
Hector en profita[4], Seigneur ; et quelque jour
Son fils en pourrait bien profiter à son tour.

ORESTE

Ainsi la Grèce en vous trouve un enfant rebelle ?

1. *Artifice :* ici, ruse. \ **2.** *Prévenez-les :* devancez-les. \ **3.** *Confondent :* mêlent, additionnent. \ **4.** *Profita :* mit à profit. Allusion à l'enlèvement de Briséis, la captive d'Achille, par Agamemnon. Le père de Pyrrhus, outragé, se retira sous sa tente et refusa de continuer à se battre. Hector faillit ainsi assurer la victoire troyenne : il repoussa la flotte grecque, incendia leurs navires, tua Patrocle (*cf.* l'*Iliade*, chants XV, v. 683-746 et XVI, v. 101-131 et 785-821).

PYRRHUS

Et je n'ai donc vaincu que pour dépendre d'elle ?

ORESTE

Hermione, Seigneur, arrêtera vos coups :
Ses yeux s'opposeront [1] entre son père et vous.

PYRRHUS

Hermione, Seigneur, peut m'être toujours chère,
Je puis l'aimer, sans être esclave de son père ;
Et je saurai peut-être accorder quelque jour
Les soins de ma grandeur et ceux de mon amour.
Vous pouvez cependant voir la fille d'Hélène :
Du sang qui vous unit je sais l'étroite chaîne [2],
Après cela, Seigneur, je ne vous retiens plus,
Et vous pourrez aux Grecs annoncer mon refus.

Scène III

PYRRHUS, PHŒNIX

PHŒNIX

Ainsi vous l'envoyez aux pieds de sa maîtresse [3] ?

PYRRHUS

On dit qu'il a longtemps brûlé [4] pour la princesse.

PHŒNIX

Mais si ce feu, Seigneur, vient à se rallumer ?
S'il lui rendait son cœur, s'il s'en faisait aimer ?

1. *S'opposeront :* le charme d'Hermione l'en empêchera, s'interposera, se placera comme obstacle. \ **2.** Oreste et Hermione sont cousins. \ **3.** *Maîtresse :* femme dont il est épris, qui est maîtresse de son cœur. \ **4.** *Brûlé :* utilisation de la métaphore de la flamme, filée dans le vers suivant *(feu, rallumer)*. Ici, *brûlé* signifie : dévoré d'un amour ardent pour la princesse.

PYRRHUS

Ah ! qu'ils s'aiment, Phœnix ! J'y consens. Qu'elle parte.
Que charmés l'un de l'autre ils retournent à Sparte !
Tous nos ports sont ouverts et pour elle et pour lui.
Qu'elle m'épargnerait de contrainte et d'ennui[1] !

PHŒNIX

Seigneur…

PYRRHUS

Une autre fois je t'ouvrirai mon âme :
Andromaque paraît.

Scène IV

PYRRHUS, ANDROMAQUE, CÉPHISE

PYRRHUS

Me cherchiez-vous, Madame ?
Un espoir si charmant me serait-il permis ?

ANDROMAQUE

Je passais jusqu'aux lieux où l'on garde mon fils.
Puisqu'une fois le jour vous souffrez que je voie
Le seul bien qui me reste et d'Hector et de Troie,
J'allais, Seigneur, pleurer un moment avec lui :
Je ne l'ai point encore embrassé d'aujourd'hui.

PYRRHUS

Ah, Madame ! les Grecs, si j'en crois leurs alarmes,
Vous donneront bientôt d'autres sujets de larmes.

1. Voir note 4, p. 21.

Andromaque

Et quelle est cette peur dont leur cœur est frappé,
Seigneur ? Quelque Troyen vous est-il échappé ?

Pyrrhus

Leur haine pour Hector n'est pas encore éteinte.
Ils redoutent son fils.

Andromaque

Digne objet de leur crainte !
Un enfant malheureux qui ne sait pas encor
Que Pyrrhus est son maître, et qu'il est fils d'Hector.

Pyrrhus

Tel qu'il est, tous les Grecs demandent qu'il périsse.
Le fils d'Agamemnon vient hâter son supplice.

Andromaque

Et vous prononcerez un arrêt si cruel ?
Est-ce mon intérêt qui le rend criminel [1] ?
Hélas ! on ne craint point qu'il venge un jour son père ;
On craint qu'il n'essuyât [2] les larmes de sa mère.
Il m'aurait tenu lieu d'un père et d'un époux ;
Mais il me faut tout perdre, et toujours par vos coups.

Pyrrhus

Madame, mes refus ont prévenu [3] vos larmes.
Tous les Grecs m'ont déjà menacé de leurs armes,
Mais dussent-ils encore, en repassant les eaux,

1. Andromaque feint ici de se demander si c'est à cause d'elle que son fils est ainsi jugé. Est-il condamné par les Grecs parce qu'il est un héritier d'Hector et du trône de Troie, parce qu'ainsi il pourrait un jour vouloir venger surtout sa mère devenue captive ? \ **2.** *N'essuyât* est un subjonctif imparfait. Il joue ici un rôle de conditionnel, conformément aux usages syntaxiques latins (« Il essuierait les larmes de sa mère, c'est ce que l'on craint [en Grèce] »). \ **3.** *Prévenu :* devancé, précédé.

Demander votre fils avec mille vaisseaux,
Coûtât-il tout le sang qu'Hélène a fait répandre,
Dussé-je après dix ans voir mon palais en cendre,
Je ne balance point[1], je vole à son secours.
Je défendrai sa vie aux dépens de mes jours.
Mais parmi ces périls où[2] je cours pour vous plaire,
Me refuserez-vous un regard moins sévère ?
Haï de tous les Grecs, pressé[3] de tous côtés,
Me faudra-t-il combattre encor vos cruautés ?
Je vous offre mon bras[4]. Puis-je espérer encore
Que vous accepterez un cœur qui vous adore ?
En combattant pour vous, me sera-t-il permis
De ne vous point compter parmi mes ennemis ?

ANDROMAQUE

Seigneur, que faites-vous, et que dira la Grèce ?
Faut-il qu'un si grand cœur montre tant de faiblesse ?
Voulez-vous qu'un dessein si beau, si généreux,
Passe pour le transport d'un esprit amoureux ?
Captive, toujours triste, importune à moi-même[5],
Pouvez-vous souhaiter qu'Andromaque vous aime ?
Quels charmes ont pour vous des yeux infortunés
Qu'à des pleurs éternels vous avez condamnés ?
Non, non ; d'un ennemi respecter la misère,
Sauver des malheureux, rendre un fils à sa mère,
De cent peuples pour lui combattre la rigueur,
Sans me faire payer son salut de mon cœur,

1. *Je ne balance point :* je n'hésite pas. \ **2.** *Où :* vers lesquels, au-devant desquels. \ **3.** *Pressé :* harcelé. \ **4.** *Mon bras :* synecdoque traditionnelle pour signifier que Pyrrhus va se battre pour elle (*cf.* v. 295). \ **5.** Dans ce vers, les trois adjectifs renvoient à Andromaque, la rupture de la construction grammaticale (anacoluthe) souligne que la logique du discours est perturbée par la violence des sentiments éprouvés.

Malgré moi, s'il le faut, lui donner un asile :
Seigneur, voilà des soins dignes du fils d'Achille.

PYRRHUS

Hé quoi ! votre courroux n'a-t-il pas eu son cours [1] ?
Peut-on haïr sans cesse ? et punit-on toujours ?
J'ai fait des malheureux, sans doute ; et la Phrygie [2]
Cent fois de votre sang a vu ma main rougie ;
Mais que vos yeux sur moi se sont bien exercés [3] !
Qu'ils m'ont vendu bien cher les pleurs qu'ils ont versés !
De combien de remords m'ont-ils rendu la proie !
Je souffre tous les maux que j'ai faits devant Troie.
Vaincu, chargé de fers, de regrets consumé,
Brûlé de plus de feux que je n'en allumai [4],
Tant de soins, tant de pleurs, tant d'ardeurs inquiètes...
Hélas ! fus-je jamais si cruel que vous l'êtes ?
Mais enfin, tour à tour, c'est assez nous punir :
Nos ennemis communs devraient nous réunir.
Madame, dites-moi seulement que j'espère [5],
Je vous rends votre fils, et je lui sers de père ;
Je l'instruirai moi-même à venger les Troyens ;
J'irai punir les Grecs de vos maux et des miens.
Animé d'un regard [6], je puis tout entreprendre :
Votre Ilion [7] encor peut sortir de sa cendre ;
Je puis, en moins de temps que les Grecs ne l'ont pris,
Dans ses murs relevés couronner votre fils.

1. Votre colère n'est pas encore achevée ? (Le passé composé révèle ici la volonté de Pyrrhus de voir Andromaque oublier définitivement le passé.) \ **2.** *Phrygie :* ancienne contrée d'Asie mineure, dans laquelle se trouve Troie. \ **3.** *Exercés :* se sont bien acharnés, m'ont bien tourmenté. \ **4.** Reprise de la métaphore de la flamme avec un jeu sur les sens propre (les feux allumés par Pyrrhus, le guerrier qui détruisit Troie et la réduisit en cendres) et figuré (les feux amoureux qui le brûlent). \ **5.** Dites-moi d'espérer. \ **6.** *Animé d'un regard :* motivé par l'un de vos regards (moins violent, moins sévère, qui l'encouragerait). \ **7.** *Ilion :* autre nom grec de Troie (*cf.* le titre du récit de sa guerre par Homère : l'*Iliade*).

ANDROMAQUE

Seigneur, tant de grandeurs ne nous touchent plus guère.
Je les lui promettais tant qu'a vécu son père.
Non, vous n'espérez plus de nous revoir encor,
Sacrés murs [1] que n'a pu conserver mon Hector !
À de moindres faveurs des malheureux prétendent,
Seigneur : c'est un exil que mes pleurs vous demandent.
Souffrez que, loin des Grecs, et même loin de vous,
J'aille cacher mon fils, et pleurer mon époux.
Votre amour contre nous allume trop de haine.
Retournez, retournez à la fille d'Hélène.

PYRRHUS

Et le puis-je, Madame ? Ah ! que vous me gênez [2] !
Comment lui rendre un cœur que vous me retenez ?
Je sais que de mes vœux on lui promit l'empire [3] ;
Je sais que pour régner elle vint dans l'Épire ;
Le sort vous y voulut l'une et l'autre amener :
Vous, pour porter des fers [4], elle, pour en donner.
Cependant ai-je pris quelque soin de lui plaire ?
Et ne dirait-on pas, en voyant au contraire
Vos charmes tout-puissants, et les siens dédaignés,
Qu'elle est ici captive et que vous y régnez ?
Ah ! qu'un seul des soupirs que mon cœur vous envoie,
S'il s'échappait vers elle y porterait de joie.

1. *Sacrés murs :* murs sacrés. Racine place fréquemment l'adjectif « sacré » devant le mot qu'il détermine. \ **2.** La *gêne* a encore au XVIIe siècle le sens étymologique de « torture » (la géhenne). *Vous me gênez :* vous me mettez au supplice. \ **3.** Je sais qu'on lui promit la possession exclusive de mon amour. \ **4.** *Porter des fers* symbolise ici, métaphoriquement, la captivité. Hermione, devenue reine en épousant Pyrrhus, pourrait décider du sort des sujets de son royaume, condamner à la captivité.

ANDROMAQUE

Et pourquoi vos soupirs seraient-ils repoussés ?
Aurait-elle oublié vos services passés ?
Troie, Hector, contre vous, révoltent-ils son âme ?
Aux cendres d'un époux doit-elle enfin sa flamme[1] ?
Et quel époux encore ! Ah ! souvenir cruel !
Sa mort seule a rendu votre père immortel ;
Il doit au sang d'Hector tout l'éclat de ses armes,
Et vous n'êtes tous deux connus que par mes larmes.

PYRRHUS

Eh bien, Madame, eh bien ! il faut vous obéir :
Il faut vous oublier, ou plutôt vous haïr.
Oui, mes vœux ont trop loin poussé leur violence
Pour ne plus s'arrêter que dans l'indifférence ;
Songez-y bien : il faut désormais que mon cœur,
S'il n'aime avec transport, haïsse avec fureur.
Je n'épargnerai rien dans ma juste colère :
Le fils me répondra des mépris de la mère[2].
La Grèce le demande, et je ne prétends pas[3]
Mettre toujours ma gloire à sauver des ingrats.

ANDROMAQUE

Hélas ! il mourra donc. Il n'a pour sa défense
Que les pleurs de sa mère et que son innocence.
Et peut-être après tout, en l'état où je suis,
Sa mort avancera la fin de mes ennuis[4].
Je prolongeais pour lui ma vie et ma misère ;

1. Andromaque montre qu'Hermione est très différente d'elle puisqu'elle est libre, elle n'est pas contrainte d'être fidèle, comme l'est la veuve d'Hector. \ **2.** Le fils (Astyanax) paiera pour le mépris que m'aura infligé sa mère (Andromaque). \ **3.** *Je ne prétends pas :* je n'ai pas l'intention de. \ **4.** Voir note 4, p. 21.

Mais enfin sur ses pas j'irai revoir son père.
Ainsi, tous trois, Seigneur, par vos soins réunis,
Nous vous…

PYRRHUS

Allez, Madame, allez voir votre fils.
Peut-être, en le voyant, votre amour plus timide[1]
Ne prendra pas toujours sa colère pour guide.
Pour savoir nos destins j'irai vous retrouver.
Madame, en l'embrassant, songez à le sauver.

1. *Plus timide :* plus inquiet, plus craintif (pour sa vie).

Acte deuxième

Scène I

HERMIONE, CLÉONE

HERMIONE

Je fais ce que tu veux. Je consens qu'il me voie.
Je lui veux bien encore accorder cette joie.
Pylade va bientôt conduire ici ses[1] pas ;
Mais si je m'en croyais, je ne le verrais pas.

CLÉONE

Et qu'est-ce que sa vue a pour vous de funeste ?
Madame, n'est-ce pas toujours le même Oreste
Dont vous avez cent fois souhaité le retour,
Et dont vous regrettiez la constance et l'amour ?

HERMIONE

C'est cet amour payé de trop d'ingratitude
Qui me rend en ces lieux sa présence si rude[2].
Quelle honte pour moi, quel triomphe pour lui,
De voir mon infortune égaler son ennui[3] !
Est-ce là, dira-t-il, cette fière[4] Hermione ?
Elle me dédaignait : un autre l'abandonne.

---

1. *Ses* renvoie à Oreste. \ **2.** *Rude :* difficile, pénible, désagréable. \ **3.** Voir note 4, p. 21. \ **4.** *Fière* a un sens fort au XVIIe siècle : cruelle, orgueilleuse.

L'ingrate, qui mettait son cœur à si haut prix,
Apprend donc à son tour à souffrir[1] des mépris ?
Ah dieux !

CLÉONE

Ah ! dissipez ces indignes alarmes :
Il a trop bien senti le pouvoir de vos charmes.
Vous croyez qu'un amant vienne vous insulter[2] ?
Il vous rapporte un cœur qu'il n'a pu vous ôter.
Mais vous ne dites point ce que vous mande[3] un père ?

HERMIONE

Dans ses retardements[4] si Pyrrhus persévère,
À la mort du Troyen[5] s'il ne veut consentir,
Mon père avec les Grecs m'ordonne de partir.

CLÉONE

Eh bien, Madame, eh bien ! écoutez donc Oreste.
Pyrrhus a commencé, faites au moins le reste.
Pour bien faire il faudrait que vous le prévinssiez[6].
Ne m'avez-vous pas dit que vous le haïssiez ?

HERMIONE

Si je le hais, Cléone ! Il y va de ma gloire,
Après tant de bontés dont il perd la mémoire ;
Lui qui me fut si cher, et qui m'a pu trahir,
Ah ! je l'ai trop aimé pour ne le point haïr !

CLÉONE

Fuyez-le donc, Madame ; et puisqu'on vous adore…

1. *Souffrir :* endurer, supporter. \ **2.** Croyez-vous qu'un amant puisse venir pour vous insulter, vous offenser ? \ **3.** *Mande :* fait savoir, annonce. \ **4.** *Retardements :* retards, délais. \ **5.** *Le Troyen :* Astyanax. \ **6.** *Prévinssiez :* devanciez (Cléone conseille à Hermione de rompre ses fiançailles avec Pyrrhus et de repartir avec Oreste).

HERMIONE

Ah ! laisse à ma fureur le temps de croître encore.
Contre mon ennemi laisse-moi m'assurer[1].
Cléone, avec horreur je m'en veux séparer.
Il n'y travaillera que trop bien, l'infidèle !

CLÉONE

Quoi ? vous en attendez quelque injure[2] nouvelle ?
Aimer une captive, et l'aimer à vos yeux,
Tout cela n'a donc pu vous le rendre odieux ?
Après ce qu'il a fait, que saurait-il[3] donc faire ?
Il vous aurait déplu, s'il pouvait vous déplaire.

HERMIONE

Pourquoi veux-tu, cruelle, irriter[4] mes ennuis[5] ?
Je crains de me connaître en l'état où je suis.
De tout ce que tu vois tâche de ne rien croire ;
Crois que je n'aime plus, vante-moi ma victoire ;
Crois que dans son dépit mon cœur est endurci,
Hélas ! et, s'il se peut, fais-le moi croire aussi.
Tu veux que je le fuie ? Eh bien ! rien ne m'arrête :
Allons ; n'envions plus son indigne conquête :
Que sur lui sa captive étende son pouvoir.
Fuyons… Mais si l'ingrat rentrait dans son devoir !
Si la foi[6] dans son cœur retrouvait quelque place ;
S'il venait à mes pieds me demander sa grâce ;
Si sous mes lois, Amour, tu pouvais l'engager !
S'il voulait… Mais l'ingrat ne veut que m'outrager.
Demeurons toutefois pour troubler leur fortune[7],
Prenons quelque plaisir à leur être importune ;

1. *M'assurer :* être plus forte (rendre ses sentiments de haine, de colère, plus forts). \ **2.** Au XVIIe siècle, l'*injure* est une offense, un tort causé. \ **3.** *Saurait-il :* pourrait-il. \ **4.** *Irriter :* exciter, augmenter. \ **5.** Voir note 4, p. 21. \ **6.** *Foi :* fidélité à ses engagements. \ **7.** *Fortune :* bonheur.

Ou, le forçant de[1] rompre un nœud si solennel,
Aux yeux de tous les Grecs rendons-le criminel.
J'ai déjà sur le fils attiré leur colère ;
Je veux qu'on vienne encor lui demander la mère.
Rendons-lui les tourments qu'elle m'a fait souffrir :
Qu'elle le perde, ou bien qu'il la fasse périr.

CLÉONE

Vous pensez que des yeux toujours ouverts aux larmes
Se plaisent à troubler le pouvoir de vos charmes,
Et qu'un cœur accablé de tant de déplaisirs[2]
De son persécuteur ait brigué[3] les soupirs ?
Voyez si sa douleur en paraît soulagée.
Pourquoi donc les chagrins où son âme est plongée ?
Contre un amant qui plaît pourquoi tant de fierté[4] ?

HERMIONE

Hélas ! pour mon malheur, je l'ai trop écouté.
Je n'ai point du silence affecté le mystère :
Je croyais sans péril pouvoir être sincère,
Et sans armer mes yeux d'un moment de rigueur,
Je n'ai pour lui parler consulté que mon cœur.
Et qui ne se serait comme moi déclarée
Sur la foi d'une amour[5] si saintement jurée ?
Me voyait-il de l'œil[6] qu'il me voit aujourd'hui?
Tu t'en souviens encor, tout conspirait pour lui :
Ma famille vengée, et les Grecs dans la joie,
Nos vaisseaux tout chargés des dépouilles de Troie,
Les exploits de son père effacés par les siens,
Ses feux que je croyais plus ardents que les miens,

1. *Le forçant de :* le forçant à. \ 2. *Déplaisirs :* désespoirs, profondes douleurs. \ 3. *Brigué :* recherché. \ 4. *Fierté :* cruauté. \ 5. *Amour* peut s'employer au féminin au XVIIe siècle (au pluriel, il reste féminin encore aujourd'hui : « les amours mortes »). \ 6. *De l'œil :* de la même manière.

Mon cœur, toi-même enfin de sa gloire éblouie,
Avant qu'il me trahît, vous m'avez tous trahie.
Mais c'en est trop, Cléone, et quel que soit Pyrrhus,
Hermione est sensible[1], Oreste a des vertus ;
Il sait aimer du moins, et même sans qu'on l'aime,
Et peut-être il saura se faire aimer lui-même.
Allons. Qu'il vienne enfin.

Cléone

Madame, le voici.

Hermione

Ah ! je ne croyais pas qu'il fût si près d'ici.

Scène II

Hermione, Oreste, Cléone

Hermione

Le croirai-je, Seigneur, qu'un reste de tendresse
Vous fasse ici chercher une triste princesse ?
Ou ne dois-je imputer qu'à[2] votre seul devoir
L'heureux empressement qui vous porte à me voir ?

Oreste

Tel est de mon amour l'aveuglement funeste.
Vous le savez, Madame, et le destin d'Oreste
Est de venir sans cesse adorer vos attraits,
Et de jurer toujours qu'il n'y viendra jamais.
Je sais que vos regards vont rouvrir mes blessures,
Que tous mes pas vers vous sont autant de parjures :

1. *Sensible :* capable d'aimer. \ 2. *Imputer à :* attribuer, mettre sur le compte de.

Je le sais, j'en rougis ; mais j'atteste les dieux,
Témoins de la fureur de mes derniers adieux,
Que j'ai couru partout où ma perte certaine [1]
Dégageait mes serments [2] et finissait ma peine.
J'ai mendié la mort chez des peuples cruels
Qui n'apaisaient leurs dieux que du sang des mortels :
Ils m'ont fermé leur temple ; et ces peuples barbares
De mon sang prodigué [3] sont devenus avares.
Enfin je viens à vous, et je me vois réduit
À chercher dans vos yeux une mort qui me fuit.
Mon désespoir n'attend que leur indifférence :
Ils n'ont qu'à m'interdire un reste d'espérance.
Ils n'ont, pour avancer cette mort où je cours,
Qu'à me dire une fois [4] ce qu'ils m'ont dit toujours.
Voilà depuis un an le seul soin qui m'anime.
Madame, c'est à vous de prendre une victime
Que les Scythes [5] auraient dérobée à vos coups,
Si j'en avais trouvé d'aussi cruels que vous.

HERMIONE

Quittez, Seigneur, quittez ce funeste langage.
À des soins plus pressants la Grèce vous engage.
Que [6] parlez-vous du Scythe et de mes cruautés ?
Songez à tous ces rois que vous représentez.
Faut-il que d'un transport leur vengeance dépende ?
Est-ce le sang d'Oreste enfin qu'on vous demande ?
Dégagez-vous des soins dont vous êtes chargé [7].

---

1. *Où ma perte certaine :* où je pensais trouver la mort avec certitude. \ **2.** *Dégageait mes serments :* me libérait de mes serments. \ **3.** *De mon sang prodigué :* du sang que je désirais verser en abondance. \ **4.** *Une fois :* encore une fois. \ **5.** *Les Scythes :* peuples qui habitent les steppes au nord de la mer Noire, réputés pour leur cruauté. \ **6.** *Que :* pour quelle raison, pourquoi. \ **7.** Affranchissez-vous des obligations qui sont les vôtres (en remplissant votre mission d'ambassadeur).

Oreste

Les refus de Pyrrhus m'ont assez dégagé,
Madame : il me renvoie ; et quelque autre puissance
Lui fait du fils d'Hector embrasser[1] la défense.

Hermione

L'infidèle !

Oreste

Ainsi donc, tout prêt à le quitter,
Sur mon propre destin je viens vous consulter.
Déjà même je crois entendre la réponse
Qu'en secret contre moi votre haine prononce.

Hermione

Hé quoi ? toujours injuste en vos tristes discours,
De mon inimitié vous plaindrez-vous toujours ?
Quelle est cette rigueur tant de fois alléguée ?
J'ai passé dans l'Épire où j'étais reléguée :
Mon père l'ordonnait ; mais qui sait si depuis
Je n'ai point en secret partagé vos ennuis[2] ?
Pensez-vous avoir seul éprouvé des alarmes ?
Que l'Épire jamais n'ait vu couler mes larmes ?
Enfin, qui vous a dit que malgré mon devoir
Je n'ai pas quelquefois souhaité de vous voir ?

Oreste

Souhaité de me voir ! Ah ! divine Princesse...
Mais, de grâce, est-ce à moi que ce discours s'adresse ?
Ouvrez vos yeux : songez qu'Oreste est devant vous,
Oreste si longtemps l'objet de leur courroux[3].

1. *Embrasser :* prendre. \ **2.** Voir note 4, p. 21. \ **3.** *Courroux :* colère.

HERMIONE

Oui, c'est vous dont l'amour, naissant avec leurs charmes,
Leur apprit le premier le pouvoir de leurs armes ;
Vous que mille vertus me forçaient d'estimer ;
Vous que j'ai plaint, enfin que je voudrais aimer.

ORESTE

Je vous entends [1]. Tel est mon partage funeste :
Le cœur est pour Pyrrhus, et les vœux pour Oreste.

HERMIONE

Ah ! ne souhaitez pas le destin de Pyrrhus :
Je vous haïrais trop.

ORESTE

Vous m'en aimeriez plus.
Ah ! que vous me verriez d'un regard bien contraire !
Vous me voulez aimer, et je ne puis vous plaire ;
Et l'amour seul alors se faisant obéir,
Vous m'aimeriez, Madame, en me voulant haïr.
Ô dieux ! tant de respects, une amitié si tendre…
Que de raisons pour moi [2], si vous pouviez m'entendre !
Vous seule pour Pyrrhus disputez [3] aujourd'hui,
Peut-être malgré vous, sans doute malgré lui :
Car enfin il vous hait ; son âme ailleurs éprise
N'a plus…

HERMIONE

Qui vous l'a dit, Seigneur, qu'il me méprise ?
Ses regards, ses discours vous l'ont-ils donc appris ?
Jugez-vous que ma vue inspire des mépris,

1. *Entends :* comprends. \ **2.** *Pour moi :* qui me sont favorables. \ **3.** *Disputez :* argumentez, soutenez par des arguments en sa faveur.

Qu'elle allume en un cœur des feux si peu durables ?
Peut-être d'autres yeux me sont plus favorables.

ORESTE

Poursuivez : il est beau de m'insulter ainsi.
Cruelle, c'est donc moi qui vous méprise ici ?
Vos yeux n'ont pas assez éprouvé ma constance ?
Je suis donc un témoin de leur peu de puissance ?
Je les ai méprisés ? Ah ! qu'ils voudraient bien voir
Mon rival comme moi mépriser leur pouvoir !

HERMIONE

Que m'importe, Seigneur, sa haine, ou sa tendresse ?
Allez contre un rebelle armer toute la Grèce ;
Rapportez-lui le prix de sa rébellion ;
Qu'on fasse de l'Épire un second Ilion [1].
Allez. Après cela direz-vous que je l'aime ?

ORESTE

Madame, faites plus, et venez-y vous-même.
Voulez-vous demeurez pour otage en ces lieux ?
Venez dans tous les cœurs faire parler vos yeux.
Faisons de notre haine une commune attaque.

HERMIONE

Mais, Seigneur, cependant [2], s'il épouse Andromaque ?

ORESTE

Hé, Madame !

HERMIONE

Songez quelle honte pour nous,
Si d'une Phrygienne [3] il devenait l'époux.

1. *Ilion :* Troie. Voir note 7, p. 33. \ **2.** *Cependant :* pendant ce temps. \ **3.** Voir note 2, p. 33.

ORESTE

Et vous le haïssez ? Avouez-le, Madame,
L'amour n'est pas un feu qu'on renferme en une âme ;
Tout nous trahit, la voix, le silence, les yeux,
Et les feux mal couverts n'en éclatent que mieux.

HERMIONE

Seigneur, je le vois bien, votre âme prévenue [1]
Répand sur mes discours le venin qui la tue,
Toujours dans mes raisons cherche quelque détour,
Et croit qu'en moi la haine est un effort d'amour.
Il faut donc m'expliquer ; vous agirez ensuite.
Vous savez qu'en ces lieux mon devoir m'a conduite ;
Mon devoir m'y retient ; et je n'en puis partir
Que mon père ou Pyrrhus ne m'en fasse sortir.
De la part de mon père allez lui faire entendre
Que l'ennemi des Grecs ne peut être son gendre.
Du Troyen [2] ou de moi faites-le décider :
Qu'il songe qui des deux il veut rendre, ou garder ;
Enfin qu'il me renvoie, ou bien qu'il vous le livre.
Adieu. S'il y consent, je suis prête à vous suivre.

Scène III

ORESTE, *seul.*

Oui, oui, vous me suivrez, n'en doutez nullement ;
Je vous réponds déjà de son consentement.
Je ne crains pas, enfin, que Pyrrhus la retienne :
Il n'a devant les yeux que sa chère Troyenne ;

1. *Prévenue :* disposée défavorablement. \ 2. *Le Troyen :* Astyanax. Voir note 1, p. 31.

Tout autre objet[1] le blesse ; et peut-être aujourd'hui
Il n'attend qu'un prétexte à l'éloigner[2] de lui.
Nous n'avons qu'à parler : c'en est fait. Quelle joie
D'enlever à l'Épire une si belle proie !
Sauve tout ce qui reste, et de Troie, et d'Hector,
Garde son fils, sa veuve, et mille autres encor,
Épire, c'est assez qu'Hermione rendue
Perde à jamais tes bords et ton prince de vue.
Mais un heureux destin le conduit en ces lieux.
Parlons. À tant d'attraits, Amour, ferme ses yeux !

Scène IV

Pyrrhus, Oreste, Phœnix

Pyrrhus

Je vous cherchais, Seigneur. Un peu de violence
M'a fait de vos raisons combattre la puissance,
Je l'avoue ; et depuis que je vous ai quitté,
J'en ai senti la force et connu[3] l'équité.
J'ai songé comme vous qu'à la Grèce, à mon père,
À moi-même, en un mot, je devenais contraire,
Que je relevais Troie, et rendais imparfait
Tout ce qu'a fait Achille, et tout ce que j'ai fait.
Je ne condamne plus un courroux légitime,
Et l'on vous va, Seigneur, livrer votre victime.

Oreste

Seigneur, par ce conseil[4] prudent et rigoureux,
C'est acheter la paix du sang d'un malheureux.

1. *Objet :* personne (souvent : femme aimée). \ **2.** *À l'éloigner :* pour l'éloigner. \ **3.** *Connu :* compris, reconnu. \ **4.** *Conseil :* décision.

PYRRHUS

Oui ; mais je veux, Seigneur, l'assurer davantage.
D'une éternelle paix Hermione est le gage ;
Je l'épouse. Il semblait qu'un spectacle si doux
N'attendît en ces lieux qu'un témoin tel que vous :
Vous y représentez tous les Grecs et son père,
Puisqu'en vous Ménélas voit revivre son frère [1].
Voyez-la donc. Allez. Dites-lui que demain
J'attends, avec la paix, son cœur de votre main.

ORESTE

Ah dieux !

Scène V

PYRRHUS, PHŒNIX

PYRRHUS

Eh bien, Phœnix, l'amour est-il le maître ?
Tes yeux refusent-ils encor de me connaître ?

PHŒNIX

Ah ! je vous reconnais, et ce juste courroux,
Ainsi qu'à tous les Grecs, Seigneur, vous rend à vous.
Ce n'est plus le jouet d'une flamme servile [2] :
C'est Pyrrhus. C'est le fils et le rival d'Achille,
Que la gloire à la fin ramène sous ses lois,
Qui triomphe de Troie une seconde fois.

1. Oreste est le fils d'Agamemnon. Ménélas voit donc en lui l'héritier de son frère assassiné.
2. *Servile :* qui appartient à un esclave, qui transforme en esclave.

PYRRHUS

Dis plutôt qu'aujourd'hui commence ma victoire.
D'aujourd'hui seulement je jouis de ma gloire,
Et mon cœur, aussi fier que tu l'as vu soumis,
Croit avoir en l'amour vaincu mille ennemis.
Considère, Phœnix, les troubles que j'évite,
Quelle foule de maux l'amour traîne à sa suite,
Que d'amis, de devoirs, j'allais sacrifier ;
Quels périls… Un regard m'eût tout fait oublier.
Tous les Grecs conjurés fondaient sur un rebelle ;
Je trouvais du plaisir à me perdre pour elle.

PHŒNIX

Oui, je bénis, Seigneur, l'heureuse cruauté
Qui vous rend…

PYRRHUS

Tu l'as vu, comme elle m'a traité.
Je pensais, en voyant sa tendresse alarmée,
Que son fils me la dût renvoyer désarmée.
J'allais voir le succès [1] de ses embrassements :
Je n'ai trouvé que pleurs mêlés d'emportements.
Sa misère l'aigrit ; et toujours plus farouche [2],
Cent fois le nom d'Hector est sorti de sa bouche.
Vainement à son fils j'assurais mon secours :
C'est Hector, disait-elle, en l'embrassant toujours ;
Voilà ses yeux, sa bouche, et déjà son audace ;
C'est lui-même ; c'est toi, cher époux, que j'embrasse.
Et quelle est sa pensée ? attend-elle en ce jour
Que je lui laisse un fils pour nourrir son amour ?

1. *Succès :* résultat, issue. \ **2.** Ces remarques concernent Andromaque.

PHŒNIX

Sans doute. C'est le prix que vous gardait l'ingrate.
Mais laissez-la, Seigneur.

PYRRHUS

Je vois ce qui la flatte[1] :
Sa beauté la rassure, et malgré mon courroux,
L'orgueilleuse m'attend encore à ses genoux.
Je la verrais aux miens, Phœnix, d'un œil tranquille.
Elle est veuve d'Hector, et je suis fils d'Achille :
Trop de haine sépare Andromaque et Pyrrhus.

PHŒNIX

Commencez donc, Seigneur, à ne m'en parler plus.
Allez voir Hermione, et content[2] de lui plaire,
Oubliez à ses pieds jusqu'à votre colère.
Vous-même à cet hymen[3] venez la disposer.
Est-ce sur un rival qu'il s'en faut reposer[4] ?
Il ne l'aime que trop.

PYRRHUS

Crois-tu, si je l'épouse,
Qu'Andromaque en son cœur n'en sera pas jalouse ?

PHŒNIX

Quoi ! toujours Andromaque occupe votre esprit ?
Que vous importe, ô dieux ! sa joie, ou son dépit ?
Quel charme, malgré vous, vers elle vous attire ?

PYRRHUS

Non, je n'ai pas bien dit tout ce qu'il lui faut dire :
Ma colère à ses yeux n'a paru qu'à demi ;

1. *Flatte :* trompe, berce d'illusions. \ **2.** *Content :* vous contentant. \ **3.** *Hymen :* mariage. \ **4.** Faut-il compter sur un rival pour mener à bien cette entreprise ?

Elle ignore à quel point je suis son ennemi.
Retournons-y. Je veux la braver à sa vue,
Et donner à ma haine une libre étendue.
Viens voir tous ses attraits, Phœnix, humiliés.
Allons.

PHŒNIX

Allez, Seigneur, vous jeter à ses pieds.
Allez, en lui jurant que votre âme l'adore,
À de nouveaux mépris l'encourager encore.

PYRRHUS

Je le vois bien, tu crois que prêt à l'excuser
Mon cœur court après elle et cherche à s'apaiser.

PHŒNIX

Vous aimez, c'est assez.

PYRRHUS

Moi l'aimer ? une ingrate
Qui me hait d'autant plus que mon amour la flatte ?
Sans parents, sans amis, sans espoir que sur moi ;
Je puis perdre son fils, peut-être je le doi[1] ;
Étrangère… que dis-je ? esclave dans l'Épire,
Je lui donne son fils, mon âme, mon empire,
Et je ne puis gagner dans son perfide cœur
D'autre rang que celui de son persécuteur ?
Non, non, je l'ai juré, ma vengeance est certaine :
Il faut bien une fois justifier sa haine.
J'abandonne son fils. Que de pleurs vont couler !
De quel nom sa douleur me va-t-elle appeler !
Quel spectacle pour elle aujourd'hui se dispose[2] !

1. *Doi :* dois (orthographe ancienne, choisie pour rimer avec « moi »). \ **2.** *Se dispose :* se prépare.

Elle en mourra, Phœnix, et j'en serai la cause.
C'est lui mettre moi-même un poignard dans le sein.

PHŒNIX

Et pourquoi donc en faire éclater le dessein ?
Que ne consultiez-vous tantôt votre faiblesse ?

PYRRHUS

Je t'entends. Mais excuse un reste de tendresse.
Crains-tu pour ma colère un si faible combat ?
D'un amour qui s'éteint c'est le dernier éclat.
Allons. À tes conseils, Phœnix, je m'abandonne.
Faut-il livrer son fils ? faut-il voir Hermione ?

PHŒNIX

Oui, voyez-la, Seigneur, et par des vœux soumis,
Protestez-lui[1]…

PYRRHUS

Faisons tout ce que j'ai promis.

1. *Protestez-lui* : jurez-lui, promettez-lui.

Acte troisième

Scène I

ORESTE, PYLADE

PYLADE

Modérez donc, Seigneur, cette fureur[1] extrême.
Je ne vous connais plus ; vous n'êtes plus vous-même.
Souffrez…

ORESTE

Non, tes conseils ne sont plus de saison,
Pylade ; je suis las d'écouter la raison.
C'est traîner trop longtemps ma vie et mon supplice.
Il faut que je l'enlève, ou bien que je périsse.
Le dessein[2] en est pris, je le veux achever.
Oui, je le veux.

PYLADE

Eh bien ! il la faut enlever.
J'y consens. Mais songez cependant où vous êtes.
Que croira-t-on de vous, à voir ce que vous faites ?
Dissimulez : calmez ce transport inquiet[3] ;
Commandez à vos yeux de garder le secret.
Ces gardes, cette cour, l'air qui vous environne,

1. *Fureur :* folie furieuse. \ **2.** *Dessein :* décision. \ **3.** *Transport inquiet :* manifestation agitée d'une violente passion.

Tout dépend de Pyrrhus, et surtout Hermione.
À ses regards surtout cachez votre courroux.
Ô dieux ! en cet état pourquoi la cherchiez-vous ?

ORESTE

Que sais-je ? De moi-même étais-je alors le maître ?
La fureur m'emportait, et je venais peut-être
Menacer à la fois l'ingrate et son amant.

PYLADE

Et quel était [1] le fruit de cet emportement ?

ORESTE

Et quelle âme, dis-moi, ne serait éperdue [2]
Du coup dont ma raison vient d'être confondue [3] ?
Il épouse, dit-il, Hermione demain ;
Il veut pour m'honorer la tenir de ma main.
Ah ! plutôt cette main dans le sang du barbare…

PYLADE

Vous l'accusez, Seigneur, de ce destin bizarre [4] ;
Cependant tourmenté de ses propres desseins,
Il est peut-être à plaindre, autant que je vous plains.

ORESTE

Non, non, je le connais, mon désespoir le flatte [5] ;
Sans moi, sans mon amour, il dédaignait l'ingrate.
Ses charmes jusque-là n'avaient pu le toucher :
Le cruel ne la prend que pour me l'arracher.
Ah dieux ! c'en était fait : Hermione gagnée
Pour jamais de sa vue allait être éloignée,

1. *Était :* aurait été (l'imparfait a ici une valeur conditionnelle). \ 2. *Éperdue :* folle (d'amour ou, ici, de douleur). \ 3. *Confondue :* troublée, bouleversée. \ 4. *Bizarre :* extravagant, capricieux, inconstant. \ 5. *Le flatte :* lui fait plaisir.

Son cœur, entre l'amour et le dépit confus [1],
Pour se donner à moi n'attendait qu'un refus,
Ses yeux s'ouvraient, Pylade. Elle écoutait Oreste,
Lui parlait, le plaignait. Un mot eût fait le reste.

PYLADE

Vous le croyez.

ORESTE

Hé quoi ? ce courroux enflammé
Contre un ingrat…

PYLADE

Jamais il ne fut plus aimé.
Pensez-vous, quand [2] Pyrrhus vous l'aurait accordée,
Qu'un prétexte tout prêt ne l'eût pas retardée ?
M'en croirez-vous ? Lassé de ses trompeurs attraits,
Au lieu de l'enlever, fuyez-la pour jamais.
Quoi ? votre amour se veut charger d'une furie [3]
Qui vous détestera, qui toute votre vie,
Regrettant un hymen tout prêt à s'achever,
Voudra…

ORESTE

C'est pour cela que je veux l'enlever.
Tout lui rirait [4], Pylade, et moi, pour mon partage,
Je n'emporterais donc qu'une inutile rage ?
J'irais loin d'elle encor tâcher de l'oublier ?
Non, non, à mes tourments je veux l'associer.
C'est trop gémir tout seul. Je suis las qu'on me plaigne.

1. *Confus :* hésitant, irrésolu. L'adjectif se rapporte à « cœur ». \ **2.** *Quand :* même si. \ **3.** La *furie* est, dans la mythologie gréco-romaine, une divinité des enfers, chargée d'appliquer la vengeance des dieux ; le mot est ici employé comme nom commun pour désigner Hermione, ainsi représentée comme étant une femme violente, impétueuse et dangereuse. \ **4.** *Tout lui rirait :* tout lui serait agréable, favorable.

Je prétends qu'à mon tour l'inhumaine me craigne,
Et que ses yeux cruels, à pleurer condamnés,
Me rendent tous les noms que je leur ai donnés.

PYLADE

Voilà donc le succès [1] qu'aura votre ambassade :
Oreste ravisseur !

ORESTE

Et qu'importe, Pylade ?
Quand nos États vengés jouiront de mes soins,
L'ingrate de mes pleurs jouira-t-elle moins ?
Et que me servira que la Grèce m'admire,
Tandis que je serai la fable [2] de l'Épire ?
Que veux-tu ? Mais s'il faut ne te rien déguiser,
Mon innocence enfin commence à me peser.
Je ne sais de tout temps quelle injuste puissance
Laisse le crime en paix, et poursuit l'innocence.
De quelque part sur moi que je tourne les yeux,
Je ne vois que malheurs qui condamnent les dieux.
Méritons leur courroux, justifions leur haine,
Et que le fruit du crime en précède la peine.
Mais toi, par quelle erreur veux-tu toujours sur toi
Détourner un courroux qui ne cherche que moi ?
Assez et trop longtemps [3] mon amitié t'accable :
Évite un malheureux, abandonne un coupable.
Cher Pylade, crois-moi, ta pitié te séduit [4].
Laisse-moi des périls dont j'attends tout le fruit.
Porte aux Grecs cet enfant que Pyrrhus m'abandonne.
Va-t'en.

---

1. *Succès :* conséquence, résultat. \ **2.** *La fable :* la risée, celui dont on se moquera. \ **3.** *Trop longtemps :* depuis trop longtemps. \ **4.** *Séduit :* trompe.

PYLADE

Allons, Seigneur, enlevons Hermione.
Au travers des périls un grand cœur se fait jour[1].
Que ne peut l'amitié conduite par l'amour ?
Allons de tous vos Grecs encourager le zèle.
Nos vaisseaux sont tout prêts, et le vent nous appelle.
Je sais de ce palais tous les détours obscurs ;
Vous voyez que la mer en vient battre les murs.
Et cette nuit sans peine une secrète voie
Jusqu'en votre vaisseau conduira votre proie.

ORESTE

J'abuse, cher ami, de ton trop d'amitié.
Mais pardonne à des maux dont toi seul as pitié ;
Excuse un malheureux, qui perd tout ce qu'il aime,
Que tout le monde hait, et qui se hait lui-même.
Que ne puis-je à mon tour dans un sort plus heureux…

PYLADE

Dissimulez, Seigneur, c'est tout ce que je veux.
Gardez qu'avant le coup[2] votre dessein n'éclate :
Oubliez jusque-là qu'Hermione est ingrate ;
Oubliez votre amour. Elle vient, je la voi[3].

ORESTE

Va-t'en. Réponds-moi d'elle, et je réponds de moi.

1. *Un grand cœur se fait jour :* un grand courage se manifeste. \ 2. *Le coup :* l'exécution de notre projet. \ 3. *Je la voi :* je la vois.

Scène II

HERMIONE, ORESTE, CLÉONE

ORESTE

Eh bien ? mes soins vous ont rendu votre conquête.
J'ai vu Pyrrhus, Madame, et votre hymen s'apprête.

HERMIONE

On le dit ; et de plus on vient de m'assurer
Que vous ne me cherchiez que pour m'y préparer.

ORESTE

Et votre âme à ses vœux ne sera pas rebelle ?

HERMIONE

Qui l'eût cru, que Pyrrhus ne fût pas infidèle ?
Que sa flamme attendrait si tard pour éclater ?
Qu'il reviendrait à moi, quand je l'allais quitter ?
Je veux croire avec vous qu'il redoute la Grèce,
Qu'il suit son intérêt plutôt que sa tendresse,
Que mes yeux sur votre âme étaient plus absolus [1].

ORESTE

Non, Madame, il vous aime, et je n'en doute plus.
Vos yeux ne font-ils pas tout ce qu'ils veulent faire ?
Et vous ne vouliez pas sans doute lui déplaire.

HERMIONE

Mais que puis-je, Seigneur ? On a promis ma foi.
Lui ravirai-je un bien qu'il ne tient pas de moi ?
L'amour ne règle pas le sort d'une princesse.
La gloire d'obéir est tout ce qu'on nous laisse.

---

1. *Étaient plus absolus :* avaient un pouvoir plus absolu.

Cependant je partais, et vous avez pu voir
Combien je relâchais pour vous de mon devoir[1].

Oreste

Ah ! que vous saviez bien, cruelle... Mais, Madame,
Chacun peut à son choix disposer de son âme.
La vôtre était à vous. J'espérais ; mais enfin
Vous l'avez pu donner sans me faire un larcin[2].
Je vous accuse aussi bien moins que la fortune[3].
Et pourquoi vous lasser d'une plainte importune ?
Tel est votre devoir, je l'avoue ; et le mien
Est de vous épargner un si triste entretien.

Scène III

Hermione, Cléone

Hermione

Attendais-tu, Cléone, un courroux si modeste[4] ?

Cléone

La douleur qui se tait n'en est que plus funeste[5].
Je le plains d'autant plus qu'auteur[6] de son ennui[7],
Le coup qui l'a perdu n'est parti que de lui.
Comptez depuis quel temps votre hymen se prépare ;
Il a parlé, Madame, et Pyrrhus se déclare.

Hermione

Tu crois que Pyrrhus craint ? Et que craint-il encor ?
Des peuples qui dix ans ont fui devant Hector ?

1. Combien j'oubliais mon devoir en votre faveur. \ **2.** *Larcin :* vol. \ **3.** *La fortune :* le sort, la fatalité. \ **4.** *Modeste :* retenu, modéré. \ **5.** *Funeste :* fatale, mortelle. Le mot a un sens fort au XVIIe siècle. \ **6.** *Auteur :* responsable. \ **7.** Voir note 4, p. 21.

Qui cent fois effrayés de l'absence d'Achille,
Dans leurs vaisseaux brûlants ont cherché leur asile,
Et qu'on verrait encor, sans l'appui de son fils [1],
Redemander Hélène aux Troyens impunis ?
Non, Cléone, il n'est point ennemi de lui-même,
Il veut tout ce qu'il fait, et s'il m'épouse, il m'aime.
Mais qu'Oreste à son gré m'impute [2] ses douleurs :
N'avons-nous d'entretien que celui de ses pleurs ?
Pyrrhus revient à nous. Eh bien, chère Cléone,
Conçois-tu les transports de l'heureuse Hermione ?
Sais-tu quel est Pyrrhus ? T'es-tu fait raconter
Le nombre des exploits… mais qui les peut compter ?
Intrépide, et partout suivi de la victoire,
Charmant [3], fidèle enfin, rien ne manque à sa gloire.
Songe…

CLÉONE

Dissimulez. Votre rivale en pleurs
Vient à vos pieds sans doute apporter ses douleurs.

HERMIONE

Dieux ! ne puis-je à ma joie abandonner mon âme ?
Sortons : que lui dirais-je ?

Scène IV

ANDROMAQUE, HERMIONE, CLÉONE, CÉPHISE

ANDROMAQUE

Où fuyez-vous, Madame ?

TEXTE 19

1. Il s'agit de Pyrrhus. \ 2. *M'impute :* me rende responsable de. \ 3. *Charmant* a le sens fort de « qui envoûte, irrésistible ».

N'est-ce pas à vos yeux un spectacle assez doux
Que la veuve d'Hector pleurante[1] à vos genoux ?
Je ne viens point ici, par de jalouses larmes,
Vous envier un cœur qui se rend à vos charmes.
Par une main cruelle, hélas ! j'ai vu percer
Le seul où mes regards prétendaient s'adresser.
Ma flamme par Hector fut jadis allumée ;
Avec lui dans la tombe elle s'est enfermée.
Mais il me reste un fils. Vous saurez quelque jour,
Madame, pour un fils jusqu'où va notre amour ;
Mais vous ne saurez pas, du moins je le souhaite,
En quel trouble mortel son intérêt[2] nous jette,
Lorsque de tant de biens qui pouvaient nous flatter[3],
C'est le seul qui nous reste, et qu'on veut nous l'ôter.
Hélas ! lorsque lassés de dix ans de misère,
Les Troyens en courroux menaçaient votre mère[4],
J'ai su de mon Hector lui procurer l'appui.
Vous pouvez sur Pyrrhus ce que j'ai pu sur lui.
Que craint-on d'un enfant qui survit à sa perte ?
Laissez-moi le cacher en quelque île déserte ;
Sur les soins de sa mère on peut s'en assurer[5],
Et mon fils avec moi n'apprendra qu'à pleurer.

HERMIONE

Je conçois vos douleurs. Mais un devoir austère,
Quand mon père a parlé, m'ordonne de me taire.
C'est lui qui de Pyrrhus fait agir le courroux.
S'il faut fléchir Pyrrhus, qui le peut mieux que vous ?
Vos yeux assez longtemps ont régné sur son âme ;
Faites-le prononcer[6] : j'y souscrirai, Madame.

1. Au XVIIe siècle, le participe présent peut être accordé, comme s'il s'agissait d'un adjectif verbal. \ **2.** *Son intérêt :* l'intérêt que l'on a pour lui. \ **3.** *Flatter :* faire plaisir. \ **4.** *Votre mère :* Hélène. \ **5.** On peut être certain qu'il ne sera jamais un danger pour la Grèce si on laisse sa mère s'en occuper. \ **6.** *Faites-le prononcer :* poussez-le à prendre la décision.

Scène V

ANDROMAQUE, CÉPHISE

ANDROMAQUE

Quel mépris la cruelle attache à ses refus !

CÉPHISE

Je croirais ses conseils, et je verrais Pyrrhus.
Un regard confondrait[1] Hermione et la Grèce…
Mais lui-même il vous cherche.

Scène VI

PYRRHUS, ANDROMAQUE, PHŒNIX, CÉPHISE

PYRRHUS, *à Phœnix.*

Où donc est la princesse ?
Ne m'avais-tu pas dit qu'elle était en ces lieux ?

PHŒNIX

Je le croyais.

ANDROMAQUE, *à Céphise.*

Tu vois le pouvoir de mes yeux !

PYRRHUS

Que dit-elle, Phœnix ?

ANDROMAQUE

Hélas ! tout m'abandonne.

---

1. *Confondrait :* abattrait, causerait la perte de.

Phœnix

Allons, Seigneur, marchons sur les pas d'Hermione.

Céphise

Qu'attendez-vous ? Rompez ce silence obstiné.

Andromaque

Il a promis mon fils.

Céphise

Il ne l'a pas donné.

Andromaque

Non, non, j'ai beau pleurer, sa mort est résolue.

Pyrrhus

Daigne-t-elle sur nous tourner au moins la vue ?
Quel orgueil !

Andromaque

Je ne fais que l'irriter encor[1].
Sortons.

Pyrrhus

Allons aux Grecs livrer le fils d'Hector.

Andromaque

Ah ! Seigneur, arrêtez ! Que prétendez-vous faire ?
Si vous livrez le fils, livrez-leur donc la mère.
Vos serments m'ont tantôt[2] juré tant d'amitié !
Dieux ! ne pourrai-je au moins toucher votre pitié ?
Sans espoir de pardon m'avez-vous condamnée ?

1. *Encor* : encore plus. \ 2. *Tantôt* : cet après-midi, il y a peu de temps.

PYRRHUS

Phœnix vous le dira, ma parole est donnée.

ANDROMAQUE

Vous qui braviez pour moi tant de périls divers !

PYRRHUS

J'étais aveugle alors ; mes yeux se sont ouverts.
Sa grâce à vos désirs pouvait être accordée ;
Mais vous ne l'avez pas seulement demandée :
C'en est fait.

ANDROMAQUE

Ah ! Seigneur, vous entendiez [1] assez
Des soupirs qui craignaient de se voir repoussés.
Pardonnez à l'éclat d'une illustre fortune [2]
Ce reste de fierté, qui craint d'être importune.
Vous ne l'ignorez pas : Andromaque, sans vous,
N'aurait jamais d'un maître embrassé les genoux [3].

PYRRHUS

Non, vous me haïssez ; et dans le fond de l'âme
Vous craignez de devoir quelque chose à ma flamme.
Ce fils même, ce fils, l'objet de tant de soins,
Si je l'avais sauvé, vous l'en aimeriez moins.
La haine, le mépris, contre moi tout s'assemble ;
Vous me haïssez plus que tous les Grecs ensemble.
Jouissez à loisir d'un si noble courroux.
Allons, Phœnix.

ANDROMAQUE

Allons rejoindre mon époux.

1. *Entendiez :* compreniez. \ **2.** *Fortune :* situation sociale. \ **3.** Le geste symbolise le fait de supplier quelqu'un.

Céphise

Madame…

Andromaque

Et que veux-tu que je lui dise encore ?
Auteur de tous mes maux, crois-tu qu'il les ignore ?
Seigneur, voyez l'état où vous me réduisez.
J'ai vu mon père mort et nos murs embrasés,
J'ai vu trancher les jours de ma famille entière,
Et mon époux sanglant traîné sur la poussière,
Son fils seul avec moi réservé pour les fers[1].
Mais que ne peut un fils ? Je respire, je sers[2].
J'ai fait plus : je me suis quelquefois consolée
Qu'ici plutôt qu'ailleurs le sort m'eût exilée ;
Qu'heureux dans son malheur, le fils de tant de rois,
Puisqu'il devait servir, fût tombé sous vos lois.
J'ai cru que sa prison deviendrait son asile.
Jadis Priam soumis[3] fut respecté d'Achille :
J'attendais de son fils encor plus de bonté.
Pardonne, cher Hector, à ma crédulité.
Je n'ai pu soupçonner ton ennemi d'un crime ;
Malgré lui-même enfin je l'ai cru magnanime.
Ah ! s'il l'était assez pour nous laisser du moins
Au tombeau qu'à ta cendre ont élevé mes soins ;
Et que finissant là sa haine et nos misères,
Il ne séparât point des dépouilles[4] si chères !

Pyrrhus

Va m'attendre, Phœnix.

1. *Les fers :* métaphore de la captivité. \ **2.** *Je sers :* je suis esclave. \ **3.** *Soumis :* vaincu. \ **4.** *Dépouilles :* corps, cadavres.

Scène VII

Pyrrhus, Andromaque, Céphise

Pyrrhus *continue.*

Madame, demeurez.
On peut vous rendre encor ce fils que vous pleurez.
Oui, je sens à regret qu'en excitant vos larmes
Je ne fais contre moi que vous donner des armes.
Je croyais apporter plus de haine en ces lieux.
Mais, Madame, du moins tournez vers moi les yeux :
Voyez si mes regards sont d'un juge sévère,
S'ils sont d'un ennemi qui cherche à vous déplaire.
Pourquoi me forcez-vous vous-même à vous trahir ?
Au nom de votre fils, cessons de nous haïr.
À le sauver enfin c'est moi qui vous convie.
Faut-il que mes soupirs vous demandent sa vie ?
Faut-il qu'en sa faveur j'embrasse vos genoux ?
Pour la dernière fois, sauvez-le, sauvez-vous.
Je sais de quels serments je romps pour vous les chaînes,
Combien je vais sur moi faire éclater de haines.
Je renvoie Hermione, et je mets sur son front,
Au lieu de ma couronne, un éternel affront.
Je vous conduis au temple où son hymen s'apprête,
Je vous ceins du bandeau [1] préparé pour sa tête.
Mais ce n'est plus, Madame, une offre à dédaigner :
Je vous le dis, il faut ou périr ou régner.
Mon cœur, désespéré d'un an d'ingratitude [2],
Ne peut plus de son sort souffrir l'incertitude.
C'est craindre, menacer et gémir trop longtemps.
Je meurs si je vous perds, mais je meurs si j'attends.

---

1. *Bandeau :* insigne royal, équivalent du diadème. \ **2.** *Ingratitude :* manque de reconnaissance, indifférence.

Songez-y : je vous laisse, et je viendrai vous prendre
Pour vous mener au temple, où ce fils doit m'attendre.
Et là vous me verrez soumis, ou furieux,
Vous couronner, Madame, ou le perdre à vos yeux[1].

Scène VIII

ANDROMAQUE, CÉPHISE

CÉPHISE

Je vous l'avais prédit, qu'en dépit de la Grèce
De votre sort encor vous seriez la maîtresse.

ANDROMAQUE

Hélas ! de quel effet tes discours sont suivis ?
Il ne me restait plus qu'à condamner mon fils.

CÉPHISE

Madame, à votre époux c'est être assez fidèle :
Trop de vertu pourrait vous rendre criminelle ;
Lui-même il porterait votre âme à la douceur.

ANDROMAQUE

Quoi, je lui donnerais Pyrrhus pour successeur ?

CÉPHISE

Ainsi le veut son fils, que les Grecs vous ravissent[2].
Pensez-vous qu'après tout ses mânes[3] en rougissent ?
Qu'il méprisât[4], Madame, un roi victorieux,
Qui vous fait remonter au rang de vos aïeux ;

1. *Le perdre à vos yeux :* vous l'enlever et le faire mourir devant vous. \ **2.** *Ravissent :* prennent, enlèvent. \ **3.** *Mânes :* âmes de ses ancêtres morts. \ **4.** *Qu'il méprisât :* qu'il mépriserait.

Qui foule aux pieds pour vous vos vainqueurs en colère,
Qui ne se souvient plus qu'Achille était son père,
Qui dément[1] ses exploits et les rend superflus ?

ANDROMAQUE

Dois-je les oublier, s'il ne s'en souvient plus ?
Dois-je oublier Hector privé de funérailles,
Et traîné sans honneur autour de nos murailles ?
Dois-je oublier son père à mes pieds renversé,
Ensanglantant l'autel qu'il tenait embrassé[2] ?
Songe, songe, Céphise, à cette nuit cruelle
Qui fut pour tout un peuple une nuit éternelle ;
Figure-toi Pyrrhus les yeux étincelants,
Entrant à la lueur de nos palais brûlants ;
Sur tous mes frères morts se faisant un passage,
Et de sang tout couvert échauffant le carnage[3] ;
Songe aux cris des vainqueurs, songe aux cris des mourants,
Dans la flamme étouffés, sous le fer[4] expirants ;
Peins-toi dans ces horreurs Andromaque éperdue :
Voilà comme Pyrrhus vint s'offrir à ma vue,
Voilà par quels exploits il sut se couronner,
Enfin voilà l'époux que tu me veux donner.
Non, je ne serai point complice de ses crimes ;
Qu'il nous prenne, s'il veut, pour dernières victimes.
Tous mes ressentiments lui seraient asservis.

CÉPHISE

Eh bien, allons donc voir expirer votre fils :
On n'attend plus que vous. Vous frémissez, Madame ?

1. *Dément :* renie. \ **2.** *Embrassé :* il avait entouré l'autel de ses bras, geste symbolique qui signifiait, à l'époque antique, que l'on demandait la protection des dieux. \ **3.** *Échauffant le carnage :* excitant au carnage. \ **4.** *Fer :* épée.

ANDROMAQUE

Ah ! de quel souvenir viens-tu frapper mon âme !
Quoi, Céphise, j'irai voir expirer encor
Ce fils, ma seule joie, et l'image d'Hector ?
Ce fils que de sa flamme il me laissa pour gage ?
Hélas ! je m'en souviens, le jour que[1] son courage
Lui fit chercher Achille, ou plutôt le trépas,
Il demanda son fils, et le prit dans ses bras :
Chère épouse, dit-il en essuyant mes larmes,
J'ignore quel succès le sort garde[2] à mes armes ;
Je te laisse mon fils pour gage de ma foi :
S'il me perd, je prétends qu'il me retrouve en toi.
Si d'un heureux hymen la mémoire t'est chère,
Montre au fils à quel point tu chérissais le père.
Et je puis voir répandre un sang si précieux ?
Et je laisse avec lui périr tous ses aïeux ?
Roi barbare, faut-il que mon crime l'entraîne ?
Si je te hais, est-il coupable de ma haine ?
T'a-t-il de tous les siens reproché le trépas ?
S'est-il plaint à tes yeux des maux qu'il ne sent pas ?
Mais cependant, mon fils, tu meurs si je n'arrête
Le fer que le cruel tient levé sur ta tête.
Je l'en puis détourner, et je t'y vais offrir ?
Non, tu ne mourras point, je ne le puis souffrir.
Allons trouver Pyrrhus. Mais non, chère Céphise,
Va le trouver pour moi.

CÉPHISE

Que faut-il que je dise ?

ANDROMAQUE

Dis-lui que de mon fils l'amour est assez fort…

1. *Que* : où. \ 2. *Garde* : réserve.

Crois-tu que dans son cœur il ait juré sa mort ?
L'amour peut-il si loin pousser sa barbarie ?

CÉPHISE

Madame, il va bientôt revenir en furie.

ANDROMAQUE

Eh bien, va l'assurer…

CÉPHISE

De quoi ? de votre foi ?

ANDROMAQUE

Hélas ! pour la promettre est-elle encore à moi ?
Ô cendres d'un époux ! ô Troyens ! ô mon père !
Ô mon fils, que tes jours coûtent cher à ta mère !
Allons.

CÉPHISE

Où donc, Madame, et que résolvez-vous [1] ?

ANDROMAQUE

Allons sur son tombeau consulter mon époux.

1. *Que résolvez-vous ?* : que décidez-vous ?

Acte quatrième

Scène I

ANDROMAQUE, CÉPHISE

CÉPHISE

Ah ! je n'en doute point : c'est votre époux, Madame,
C'est Hector qui produit ce miracle en votre âme.
Il veut que Troie encor se puisse relever,
Avec cet heureux fils [1], qu'il vous fait conserver.
Pyrrhus vous l'a promis. Vous venez de l'entendre,
Madame : il n'attendait qu'un mot pour vous le rendre.
Croyez-en ses transports : père, sceptre, alliés,
Content de votre cœur, il met tout à vos pieds.
Sur lui, sur tout son peuple il vous rend souveraine.
Est-ce là ce vainqueur digne de tant de haine ?
Déjà contre les Grecs plein d'un noble courroux,
Le soin de votre fils le touche [2] autant que vous.
Il prévient [3] leur fureur, il lui laisse sa garde ;
Pour ne pas l'exposer, lui-même il se hasarde [4].
Mais tout s'apprête au temple. Et vous avez promis.

ANDROMAQUE

Oui, je m'y trouverai. Mais allons voir mon fils.

---

1. *Heureux fils :* fils favorisé par le hasard, la chance. \ 2. *Le touche :* le concerne. \ 3. *Il prévient :* il agit préventivement contre. \ 4. *Il se hasarde :* il prend des risques.

CÉPHISE

Madame, qui[1] vous presse ? Il suffit que sa vue
Désormais à vos yeux ne soit plus défendue.
Vous lui pourrez bientôt prodiguer vos bontés,
Et vos embrassements ne seront plus comptés.
Quel plaisir d'élever un enfant qu'on voit craître[2],
Non plus comme un esclave élevé pour son maître,
Mais pour voir avec lui renaître tant de rois !

ANDROMAQUE

Céphise, allons le voir pour la dernière fois.

CÉPHISE

Que dites-vous ? Ô dieux !

ANDROMAQUE

Ô ma chère Céphise,

TEXTE 8

Ce n'est point avec toi que mon cœur se déguise.
Ta foi, dans mon malheur, s'est montrée à mes yeux ;
Mais j'ai cru qu'à mon tour tu me connaissais mieux.
Quoi donc ? as-tu pensé qu'Andromaque infidèle
Pût trahir un époux qui croit revivre en elle,
Et que de tant de morts réveillant la douleur,
Le soin[3] de mon repos me fît troubler le leur ?
Est-ce là cette ardeur tant promise à sa cendre ?
Mais son fils périssait[4] ; il l'a fallu défendre.
Pyrrhus en m'épousant s'en déclare l'appui ;
Il suffit : je veux bien m'en reposer sur lui.
Je sais quel est Pyrrhus[5] : violent, mais sincère,
Céphise, il fera plus qu'il n'a promis de faire.
Sur le courroux des Grecs je m'en repose encor :

1. *Qui :* qu'est-ce qui. \ **2.** *Craître :* croître. \ **3.** *Le soin :* le souci. \ **4.** *Périssait :* allait mourir. \ **5.** *Je sais quel est Pyrrhus :* je connais Pyrrhus.

Leur haine va donner un père au fils d'Hector.
Je vais donc, puisqu'il faut que je me sacrifie,
Assurer à Pyrrhus le reste de ma vie ;
Je vais en recevant sa foi sur les autels,
L'engager à mon fils par des nœuds immortels.
Mais aussitôt ma main, à moi seule funeste,
D'une infidèle vie abrégera le reste,
Et sauvant ma vertu rendra ce que je doi [1],
À Pyrrhus, à mon fils, à mon époux, à moi.
Voilà de mon amour l'innocent stratagème ;
Voilà ce qu'un époux m'a commandé lui-même ;
J'irai seule rejoindre Hector, et mes aïeux.
Céphise, c'est à toi de me fermer les yeux.

CÉPHISE

Ah ! ne prétendez pas que je puisse survivre.

ANDROMAQUE

Non, non, je te défends, Céphise, de me suivre.
Je confie à tes soins mon unique trésor.
Si tu vivais pour moi, vis pour le fils d'Hector.
De l'espoir des Troyens seule dépositaire,
Songe à combien de rois tu deviens nécessaire.
Veille auprès de Pyrrhus ; fais-lui garder sa foi :
S'il le faut, je consens qu'on lui parle de moi ;
Fais-lui valoir l'hymen où je me suis rangée [2] ;
Dis-lui qu'avant ma mort je lui fus engagée,
Que ses ressentiments doivent être effacés,
Qu'en lui laissant mon fils, c'est l'estimer assez.
Fais connaître à mon fils les héros de sa race ;
Autant que tu pourras, conduis-le sur leur trace :

1. *Je doi :* je dois. \ **2.** *Où je me suis rangée :* auquel j'ai consenti.

Dis-lui par quels exploits leurs noms ont éclaté[1],
Plutôt ce qu'ils ont fait que ce qu'ils ont été,
Parle-lui tous les jours des vertus de son père,
Et quelquefois aussi parle-lui de sa mère.
Mais qu'il ne songe plus, Céphise, à nous venger :
Nous lui laissons un maître, il le doit ménager.
Qu'il ait de ses aïeux un souvenir modeste :
Il est du sang d'Hector, mais il en est le reste ;
Et pour ce reste enfin j'ai moi-même, en un jour,
Sacrifié mon sang, ma haine, et mon amour.

Céphise

Hélas !

Andromaque

Ne me suis point, si ton cœur en alarmes
Prévoit qu'il ne pourra commander à tes larmes.
On vient. Cache tes pleurs, Céphise, et souviens-toi
Que le sort d'Andromaque est commis[2] à ta foi.
C'est Hermione. Allons, fuyons sa violence.

Scène II

Hermione, Cléone

Cléone

Non, je ne puis assez admirer ce silence.
Vous vous taisez, Madame, et ce cruel mépris
N'a pas du moindre trouble agité vos esprits ?
Vous soutenez en paix[3] une si rude attaque,

1. *Éclaté :* tiré leur éclat, brillé. \ **2.** *Commis :* confié. \ **3.** *Vous soutenez en paix :* vous acceptez avec calme, vous supportez.

Vous qu'on voyait frémir au seul nom d'Andromaque ?
Vous qui sans désespoir ne pouviez endurer
Que Pyrrhus d'un regard la voulût honorer ?
Il l'épouse, il lui donne avec son diadème
La foi que vous venez de recevoir vous-même ;
Et votre bouche encor muette à tant d'ennui [1],
N'a pas daigné s'ouvrir pour se plaindre de lui ?
Ah ! que je crains, Madame, un calme si funeste !
Et qu'il vaudrait bien mieux…

Hermione

Fais-tu venir Oreste ?

Cléone

Il vient, Madame, il vient. Et vous pouvez juger
Que bientôt à vos pieds il allait se ranger ;
Prêt à servir toujours sans espoir de salaire [2],
Vos yeux ne sont que trop assurés de lui plaire.
Mais il entre.

Scène III

Oreste, Hermione, Cléone

Oreste

Ah ! Madame ! est-il vrai qu'une fois [3]
Oreste en vous cherchant obéisse à vos lois ?
Ne m'a-t-on point flatté d'une fausse espérance ?
Avez-vous en effet [4] souhaité ma présence ?

1. Voir note 4, p. 21. \ 2. *Salaire :* récompense. \ 3. *Qu'une fois :* que pour une fois. \ 4. *En effet :* vraiment, effectivement.

Croirai-je que vos yeux à la fin désarmés
Veulent…

HERMIONE

Je veux savoir, Seigneur, si vous m'aimez.

ORESTE

Si je vous aime ? ô dieux ! mes serments, mes parjures,
Ma fuite, mon retour, mes respects, mes injures,
Mon désespoir, mes yeux de pleurs toujours noyés,
Quels témoins croirez-vous, si vous ne les croyez ?

HERMIONE

Vengez-moi, je crois tout.

ORESTE

Eh bien ! allons, Madame
Mettons encore un coup toute la Grèce en flamme ;
Prenons, en signalant [1] mon bras, et votre nom,
Vous la place d'Hélène, et moi d'Agamemnon.
De Troie en ce pays réveillons les misères,
Et qu'on parle de nous ainsi que de nos pères.
Partons, je suis tout prêt.

HERMIONE

Non, Seigneur, demeurons :
Je ne veux pas si loin porter de tels affronts.
Quoi ! de mes ennemis couronnant l'insolence,
J'irais attendre ailleurs une lente vengeance,
Et je m'en remettrais au destin des combats,
Qui peut-être à la fin ne me vengerait pas ?
Je veux qu'à mon départ toute l'Épire pleure.

1. *En signalant :* en rendant fameux, célèbres.

Mais si vous me vengez, vengez-moi dans une heure.
Tous vos retardements sont pour moi des refus.
Courez au temple. Il faut immoler…

ORESTE

Qui ?

HERMIONE

Pyrrhus.

ORESTE

Pyrrhus, Madame ?

HERMIONE

Eh quoi ! votre haine chancelle ?
Ah ! courez, et craignez que je ne vous rappelle.
N'alléguez point des droits que je veux oublier ;
Et ce n'est pas à vous à le justifier.

ORESTE

Moi, je l'excuserais ? Ah ! vos bontés, Madame,
Ont gravé trop avant [1] ses crimes dans mon âme.
Vengeons-nous, j'y consens. Mais par d'autres chemins :
Soyons ses ennemis, et non ses assassins ;
Faisons de sa ruine une juste conquête.
Quoi ! pour réponse aux Grecs porterai-je sa tête ?
Et n'ai-je pris sur moi le soin de tout l'État,
Que pour m'en acquitter par un assassinat ?
Souffrez, au nom des dieux, que la Grèce s'explique,
Et qu'il meure chargé de la haine publique.
Souvenez-vous qu'il règne, et qu'un front couronné…

1. *Trop avant :* trop profondément.

HERMIONE

Ne vous suffit-il pas que je l'ai condamné ?
Ne vous suffit-il pas que ma gloire offensée
Demande une victime à moi seule adressée ;
Qu'Hermione est le prix d'un tyran opprimé[1],
Que je le hais, enfin, Seigneur, que je l'aimai ?
Je ne m'en cache point : l'ingrat m'avait su plaire,
Soit qu'ainsi l'ordonnât mon amour ou mon père,
N'importe ; mais enfin réglez-vous là-dessus
Malgré mes vœux, Seigneur, honteusement déçus,
Malgré la juste horreur que son crime me donne
Tant qu'il vivra, craignez que je ne lui pardonne.
Doutez jusqu'à sa mort d'un courroux incertain :
S'il ne meurt aujourd'hui, je puis l'aimer demain.

ORESTE

Eh bien, il faut le perdre, et prévenir sa grâce[2] ;
Il faut… Mais cependant que faut-il que je fasse ?
Comment puis-je si tôt servir votre courroux ?
Quel chemin jusqu'à lui peut conduire mes coups ?
À peine suis-je encore arrivé dans l'Épire,
Vous voulez par mes mains renverser un empire ;
Vous voulez qu'un roi meure, et pour son châtiment
Vous ne donnez qu'un jour, qu'une heure, qu'un moment.
Aux yeux de tout son peuple, il faut que je l'opprime[3] ?
Laissez-moi vers l'autel conduire ma victime.
Je ne m'en défends plus ; et je ne veux qu'aller
Reconnaître la place où je dois l'immoler.
Cette nuit je vous sers. Cette nuit je l'attaque.

---

1. *Opprimé :* ici, supprimé. \ **2.** *Prévenir sa grâce :* agir avant que vous ne lui accordiez sa grâce. \ **3.** *Je l'opprime :* je le supprime.

HERMIONE

Mais cependant ce jour[1] il épouse Andromaque.
Dans le temple déjà le trône est élevé.
Ma honte est confirmée, et son crime achevé.
Enfin qu'attendez-vous ? Il vous offre sa tête :
Sans gardes, sans défense il marche à cette fête ;
Autour du fils d'Hector il les fait tous ranger ;
Il s'abandonne au bras qui me voudra venger.
Voulez-vous malgré lui prendre soin de sa vie ?
Armez avec vos Grecs tous ceux qui m'ont suivie ;
Soulevez vos amis. Tous les miens sont à vous :
Il me trahit, vous trompe, et nous méprise tous.
Mais quoi ? Déjà leur haine est égale à la mienne :
Elle épargne à regret l'époux d'une Troyenne.
Parlez : mon ennemi ne vous peut échapper.
Ou plutôt, il ne faut que les laisser frapper.
Conduisez, ou suivez une fureur si belle ;
Revenez tout couvert du sang de l'infidèle ;
Allez : en cet état soyez sûr de mon cœur.

ORESTE

Mais, Madame, songez…

HERMIONE

Ah ! c'en est trop, Seigneur.
Tant de raisonnements offensent ma colère.
J'ai voulu vous donner les moyens de me plaire,
Rendre Oreste content ; mais enfin je vois bien
Qu'il veut toujours se plaindre, et ne mériter rien.
Partez : allez ailleurs vanter votre constance,

1. *Cependant ce jour :* aujourd'hui même.

Et me laissez ici le soin de ma vengeance.
De mes lâches bontés mon courage est confus,
Et c'est trop en un jour essuyer de refus.
Je m'en vais seule au temple, où leur hymen s'apprête,
Où vous n'osez aller mériter ma conquête.
Là, de mon ennemi je saurai m'approcher.
Je percerai le cœur que je n'ai pu toucher,
Et mes sanglantes mains, sur moi-même tournées,
Aussitôt, malgré lui, joindront nos destinées,
Et tout ingrat qu'il est, il me sera plus doux
De mourir avec lui que de vivre avec vous.

Oreste

Non, je vous priverai de ce plaisir funeste,
Madame : il ne mourra que de la main d'Oreste.
Vos ennemis par moi vont vous être immolés,
Et vous reconnaîtrez mes soins [1], si vous voulez.

Hermione

Allez. De votre sort laissez-moi la conduite,
Et que tous vos vaisseaux soient prêts pour notre fuite.

1. *Vous reconnaîtrez mes soins :* vous aurez de la reconnaissance pour mes actions (et moi-même).

Scène IV

Hermione, Cléone

Cléone

Vous vous perdez, Madame. Et vous devez songer…

Hermione

Que je me perde ou non, je songe à me venger.
Je ne sais même encor, quoi qu'il m'ait pu promettre,
Sur d'autres que sur moi si je dois m'en remettre[1] :
Pyrrhus n'est pas coupable à ses yeux comme aux miens,
Et je tiendrais[2] mes coups bien plus sûrs que les siens.
Quel plaisir de venger moi-même mon injure,
De retirer mon bras teint du sang du parjure,
Et pour rendre sa peine et mes plaisirs plus grands,
De cacher ma rivale à ses regards mourants !
Ah ! si du moins Oreste, en punissant son crime,
Lui laissait le regret de mourir ma victime[3] !
Va le trouver : dis-lui qu'il apprenne à l'ingrat
Qu'on l'immole à ma haine, et non pas à l'État.
Chère Cléone, cours : ma vengeance est perdue
S'il ignore en mourant que c'est moi qui le tue.

Cléone

Je vous obéirai. Mais qu'est-ce que je voi[4] ?
Ô dieux ! qui l'aurait cru, Madame ? C'est le roi.

Hermione

Ah ! cours après Oreste ; et dis-lui, ma Cléone,
Qu'il n'entreprenne rien sans revoir Hermione !

---

1. Si je dois faire confiance à d'autres qu'à moi-même. \ **2.** *Je tiendrais :* je considérerais. \ **3.** *Ma victime :* en sachant qu'il est ma victime. \ **4.** *Je voi :* je vois.

Scène V

PYRRHUS, HERMIONE, PHŒNIX

PYRRHUS

Vous ne m'attendiez pas, Madame, et je vois bien
Que mon abord[1] ici trouble votre entretien.
Je ne viens point armé d'un indigne artifice
D'un voile d'équité couvrir mon injustice :
Il suffit que mon cœur me condamne tout bas,
Et je soutiendrais mal ce que je ne crois pas.
J'épouse une Troyenne. Oui, Madame, et j'avoue
Que je vous ai promis la foi que je lui voue.
Un autre vous dirait que dans les champs troyens
Nos deux pères sans nous formèrent ces liens,
Et que sans consulter ni mon choix ni le vôtre,
Nous fûmes sans amour engagés l'un à l'autre ;
Mais c'est assez pour moi que je me sois soumis.
Par mes ambassadeurs mon cœur vous fut promis ;
Loin de les révoquer, je voulus y souscrire[2] :
Je vous vis avec eux arriver en Épire,
Et quoique d'un autre œil l'éclat victorieux
Eût déjà prévenu le pouvoir de vos yeux,
Je ne m'arrêtai point à cette ardeur nouvelle ;
Je voulus m'obstiner à vous être fidèle :
Je vous reçus en reine, et jusques à ce jour
J'ai cru que mes serments me tiendraient lieu d'amour.
Mais cet amour l'emporte. Et par un coup funeste,
Andromaque m'arrache un cœur qu'elle déteste.
L'un par l'autre entraînés, nous courons à l'autel
Nous jurer, malgré nous, un amour immortel.

1. *Mon abord :* mon arrivée. \ 2. *Y souscrire :* m'y soumettre.

Après cela, Madame, éclatez[1] contre un traître,
Qui l'est avec douleur, et qui pourtant veut l'être.
Pour moi, loin de contraindre un si juste courroux,
Il me soulagera peut-être autant que vous.
Donnez-moi tous les noms destinés aux parjures :
Je crains votre silence, et non pas vos injures,
Et mon cœur soulevant mille secrets témoins[2]
M'en dira d'autant plus que vous m'en direz moins.

HERMIONE

Seigneur, dans cet aveu dépouillé d'artifice,
J'aime à voir que du moins vous vous rendiez justice,
Et que voulant bien[3] rompre un nœud si solennel,
Vous vous abandonniez au crime en criminel.
Est-il juste après tout qu'un conquérant s'abaisse
Sous la servile loi de garder sa promesse ?
Non, non, la perfidie a de quoi vous tenter ;
Et vous ne me cherchez que pour vous en vanter.
Quoi ? Sans que ni serment ni devoir vous retienne,
Rechercher une Grecque, amant d'une Troyenne[4] ?
Me quitter, me reprendre, et retourner encor
De la fille d'Hélène à la veuve d'Hector ?
Couronner tour à tour l'esclave, et la princesse,
Immoler Troie aux Grecs, au fils d'Hector la Grèce ?
Tout cela part d'un cœur toujours maître de soi,
D'un héros qui n'est point esclave de sa foi.
Pour plaire à votre épouse, il vous faudrait peut-être
Prodiguer les doux noms de parjure, et de traître.
Vous veniez de mon front observer la pâleur,
Pour aller dans ses bras rire de ma douleur.

1. *Éclatez :* laissez éclater votre colère. \ **2.** *Témoins :* preuves.\ **3.** *Voulant bien :* décidé à, désireux de. \ **4.** *Amant d'une Troyenne :* alors que vous aimez une Troyenne.

Pleurante[1] après son char vous voulez qu'on me voie;
Mais, Seigneur, en un jour ce serait trop de joie;
Et sans chercher ailleurs des titres empruntés,
Ne vous suffit-il pas de ceux que vous portez?
Du vieux père d'Hector la valeur abattue
Aux pieds de sa famille expirante à sa vue,
Tandis que dans son sein votre bras enfoncé
Cherche un reste de sang que l'âge avait glacé;
Dans des ruisseaux de sang Troie ardente plongée,
De votre propre main Polyxène égorgée[2]
Aux yeux de tous les Grecs indignés contre vous,
Que peut-on refuser à ces généreux coups?

PYRRHUS

Madame, je sais trop à quels excès de rage
La vengeance d'Hélène emporta mon courage.
Je puis me plaindre à vous du sang que j'ai versé;
Mais enfin je consens d'oublier le passé.
Je rends grâces au ciel que votre indifférence
De mes heureux soupirs m'apprenne l'innocence.
Mon cœur, je le vois bien, trop prompt à se gêner[3],
Devait[4] mieux vous connaître et mieux s'examiner.
Mes remords vous faisaient une injure mortelle.
Il faut se croire aimé pour se croire infidèle.
Vous ne prétendiez point m'arrêter dans vos fers :
Je crains de vous trahir, peut-être je vous sers.
Nos cœurs n'étaient point faits dépendants l'un de l'autre;
Je suivais mon devoir, et vous cédiez au vôtre;
Rien ne vous engageait à m'aimer en effet[5].

1. *Pleurante :* voir note 1, p. 61. \ **2.** *Polyxène :* fille cadette de Priam, dont Achille était tombé amoureux et que Pyrrhus égorgea sur la tombe de son père. \ **3.** *Se gêner :* se tourmenter, se torturer. Voir note 2, p. 34. \ **4.** *Devait :* aurait dû. \ **5.** *En effet :* vraiment, effectivement.

HERMIONE

Je ne t'ai point aimé, cruel ? Qu'ai-je donc fait ?
J'ai dédaigné pour toi les vœux de tous nos princes,
Je t'ai cherché moi-même au fond de tes provinces.
J'y suis encor, malgré tes infidélités,
Et malgré tous mes Grecs honteux de mes bontés.
Je leur ai commandé de cacher mon injure[1] ;
J'attendais en secret le retour d'un parjure ;
J'ai cru que tôt au tard, à ton devoir rendu,
Tu me rapporterais un cœur qui m'était dû.
Je t'aimais inconstant, qu'aurais-je fait fidèle[2] ?
Et même en ce moment, où ta bouche cruelle
Vient si tranquillement m'annoncer le trépas,
Ingrat, je doute encor si je ne t'aime pas.
Mais, Seigneur, s'il le faut, si le ciel en colère
Réserve à d'autres yeux la gloire de vous plaire,
Achevez votre hymen[3], j'y consens ; mais du moins
Ne forcez pas mes yeux d'en être les témoins.
Pour la dernière fois je vous parle peut-être.
Différez-le d'un jour, demain vous serez maître.
Vous ne répondez point ? Perfide, je le voi[4],
Tu comptes les moments que tu perds avec moi.
Ton cœur, impatient de revoir ta Troyenne,
Ne souffre qu'à regret qu'un autre t'entretienne.
Tu lui parles du cœur, tu la cherches des yeux.
Je ne te retiens plus, sauve-toi de ces lieux,
Va lui jurer la foi que tu m'avais jurée,
Va profaner des dieux la majesté sacrée.
Ces dieux, ces justes dieux n'auront pas oublié

1. *Mon injure :* l'injure que tu me fais subir. \ **2.** *Qu'aurais-je fait fidèle :* qu'aurais-je fait si tu avais été fidèle ? \ **3.** *Achevez votre hymen :* concluez, célébrez votre mariage. \ **4.** *Je le voi :* je le vois.

Que les mêmes serments avec moi t'ont lié.
Porte au pied des autels ce cœur qui m'abandonne.
Va, cours ; mais crains encor d'y trouver Hermione.

Scène VI

Pyrrhus, Phœnix

Phœnix

Seigneur, vous entendez. Gardez de négliger[1]
Une amante en fureur, qui cherche à se venger.
Elle n'est en ces lieux que trop bien appuyée :
La querelle[2] des Grecs à la sienne est liée ;
Oreste l'aime encore. Et peut-être à ce prix...

Pyrrhus

Andromaque m'attend. Phœnix, garde son fils.

1. *Gardez de négliger :* prenez garde à ne pas négliger. \ **2.** *La querelle :* la cause, la colère.

Acte cinquième

Scène I

HERMIONE, *seule.*

Où suis-je ? Qu'ai-je fait ? Que dois-je faire encore ?
Quel transport me saisit ? Quel chagrin me dévore ?
Errante, et sans dessein, je cours dans ce palais.
Ah ! ne puis-je savoir si j'aime, ou si je hais ?
Le cruel ! de quel œil il m'a congédiée !
Sans pitié, sans douleur au moins étudiée [1].
L'ai-je vu se troubler et me plaindre un moment ?
En ai-je pu tirer un seul gémissement ?
Muet à mes soupirs, tranquille à mes alarmes,
Semblait-il seulement qu'il eût part à mes larmes ?
Et je le plains encore ? Et pour comble d'ennui [2]
Mon cœur, mon lâche cœur s'intéresse pour lui [3] ?
Je tremble au seul penser du coup qui le menace ?
Et prête à me venger, je lui fais déjà grâce ?
Non, ne révoquons point l'arrêt [4] de mon courroux.
Qu'il périsse. Aussi bien il ne vit plus pour nous.
Le perfide triomphe, et se rit de ma rage :
Il pense voir en pleurs dissiper [5] cet orage,
Il croit que toujours faible et d'un cœur incertain,
Je parerai d'un bras les coups de l'autre main.

1. *Étudiée :* simulée. \ 2. Voir note 4, p. 21. \ 3. *S'intéresse pour lui :* lui porte de l'intérêt. \ 4. *L'arrêt :* la décision. \ 5. *Dissiper :* se dissiper.

Il juge encor de moi par mes bontés passées.
Mais plutôt le perfide a bien d'autres pensées :
Triomphant dans le temple, il ne s'informe pas
Si l'on souhaite ailleurs sa vie, ou son trépas.
Il me laisse, l'ingrat ! cet embarras funeste.
Non, non, encore un coup, laissons agir Oreste.
Qu'il meure, puisque enfin il a dû le prévoir,
Et puisqu'il m'a forcée enfin à le vouloir.
À le vouloir ? Hé quoi ? C'est donc moi qui l'ordonne ?
Sa mort sera l'effet de l'amour d'Hermione ?
Ce prince, dont mon cœur se faisait autrefois,
Avec tant de plaisir, redire les exploits,
À qui même en secret je m'étais destinée
Avant qu'on eût conclu ce fatal hyménée,
Je n'ai donc traversé tant de mers, tant d'États,
Que pour venir si loin préparer son trépas,
L'assassiner, le perdre ? Ah ! devant qu'il[1] expire…

Scène II

Hermione, Cléone

Hermione

TEXTE 9

Ah ! qu'ai-je fait, Cléone ? Et que viens-tu me dire ?
Que fait Pyrrhus ?

Cléone

Il est au comble de ses vœux,
Le plus fier des mortels, et le plus amoureux.
Je l'ai vu vers le temple, où son hymen s'apprête,

1. *Devant qu'il* : avant qu'il.

Mener en conquérant sa nouvelle conquête,
Et d'un œil où brillaient sa joie et son espoir,
S'enivrer, en marchant, du plaisir de la voir.
Andromaque, au travers de mille cris de joie,
Porte jusqu'aux autels le souvenir de Troie.
Incapable toujours d'aimer et de haïr,
Sans joie, et sans murmure elle semble obéir.

HERMIONE

Et l'ingrat ? Jusqu'au bout il a poussé l'outrage ?
Mais as-tu bien, Cléone, observé son visage ?
Goûte-t-il des plaisirs tranquilles et parfaits ?
N'a-t-il point détourné ses yeux vers le palais ?
Dis-moi, ne t'es-tu point présentée à sa vue ?
L'ingrat a-t-il rougi lorsqu'il t'a reconnue ?
Son trouble avouait-il son infidélité ?
A-t-il jusqu'à la fin soutenu [1] sa fierté ?

CLÉONE

Madame, il ne voit rien. Son salut, et sa gloire
Semblent être avec vous sortis de sa mémoire.
Sans songer qui le suit, ennemis ou sujets,
Il poursuit seulement ses amoureux projets.
Autour du fils d'Hector il a rangé sa garde,
Et croit que c'est lui seul que le péril regarde.
Phœnix même en répond, qui l'a conduit exprès
Dans un fort éloigné du temple et du palais.
Voilà, dans ses transports, le seul soin qui lui reste.

HERMIONE

Le perfide ! Il mourra. Mais que t'a dit Oreste ?

1. *Soutenu* : persévéré, persisté dans.

CLÉONE

Oreste, avec ses Grecs, dans le temple est entré.

HERMIONE

Hé bien ? à me venger n'est-il pas préparé ?

CLÉONE

Je ne sais.

HERMIONE

Tu ne sais ? Quoi donc ? Oreste encore,
Oreste me trahit ?

CLÉONE

Oreste vous adore.
Mais de mille remords son esprit combattu
Croit tantôt son amour, et tantôt sa vertu.
Il respecte en Pyrrhus l'honneur du diadème ;
Il respecte en Pyrrhus Achille, et Pyrrhus même ;
Il craint la Grèce, il craint l'univers en courroux.
Mais il se craint, dit-il, soi-même plus que tous.
Il voudrait en vainqueur vous apporter sa tête ;
Le seul nom d'assassin l'épouvante et l'arrête.
Enfin il est entré, sans savoir dans son cœur
S'il en devait sortir coupable, ou spectateur.

HERMIONE

Non, non, il les[1] verra triompher sans obstacle,
Il se gardera bien de troubler ce spectacle.
Je sais de quels remords son courage est atteint :
Le lâche craint la mort, et c'est tout ce qu'il craint.
Quoi ? sans qu'elle employât une seule prière,
Ma mère en sa faveur arma la Grèce entière ?

1. *Les* désigne le couple formé par Andromaque et Pyrrhus.

Ses yeux pour leur querelle, en dix ans de combats,
Virent périr vingt rois qu'ils ne connaissaient pas ?
Et moi je ne prétends [1] que la mort d'un parjure,
Et je charge un amant du soin de mon injure,
Il peut me conquérir à ce prix, sans danger,
Je me livre moi-même, et ne puis me venger ?
Allons : c'est à moi seule, à me rendre justice.
Que de cris de douleur le temple retentisse ;
De leur hymen fatal troublons l'événement [2],
Et qu'ils ne soient unis, s'il ne peut, qu'un moment
Je ne choisirai point dans ce désordre extrême :
Tout me sera Pyrrhus, fût-ce Oreste lui-même.
Je mourrai ; mais au moins ma mort me vengera,
Je ne mourrai pas seule, et quelqu'un me suivra.

Scène III

Oreste, Hermione, Cléone

Oreste

Madame, c'en est fait, et vous êtes servie :
Pyrrhus rend à l'autel son infidèle vie.

Hermione

Il est mort ?

Oreste

Il expire ; et nos Grecs irrités
Ont lavé dans son sang ses infidélités.
Je vous l'avais promis ; et quoique mon courage
Se fît de ce complot une funeste image,

1. *Je ne prétends :* je ne demande. \ **2.** *L'événement :* le cours, le déroulement.

J'ai couru vers le temple, où nos Grecs dispersés
Se sont jusqu'à l'autel dans la foule glissés.
Pyrrhus m'a reconnu. Mais sans changer de face,
Il semblait que ma vue excitât son audace,
Que tous les Grecs bravés en leur ambassadeur
Dussent de son hymen relever la splendeur.
Enfin, avec transport prenant son diadème,
Sur le front d'Andromaque il l'a posé lui-même :
Je vous donne, a-t-il dit, ma couronne et ma foi,
Andromaque, régnez sur l'Épire et sur moi.
Je voue à votre fils une amitié [1] de père,
J'en atteste les dieux, je le jure à sa mère :
Pour tous mes ennemis je déclare les siens [2],
Et je le reconnais pour le roi des Troyens.
À ces mots, qui du peuple attiraient le suffrage,
Nos Grecs n'ont répondu que par un cri de rage ;
L'infidèle s'est vu partout envelopper [3],
Et je n'ai pu trouver de place pour frapper.
Chacun se disputait la gloire de l'abattre.
Je l'ai vu dans leurs mains quelque temps se débattre,
Tout sanglant à leurs coups vouloir se dérober,
Mais enfin à l'autel il est allé tomber.
Du peuple épouvanté j'ai traversé la presse [4]
Pour venir de ces lieux enlever ma princesse,
Et regagner le port, où bientôt nos amis
Viendront couverts du sang que je vous ai promis.

HERMIONE

Qu'ont-ils fait !

1. *Une amitié :* une affection. \ **2.** Je déclare que tous ses ennemis sont les miens. \ **3.** *Envelopper :* entourer, encercler. \ **4.** *La presse :* la foule.

ORESTE

Pardonnez à leur impatience :
Ils ont, je le vois bien, trahi votre vengeance.
Vous vouliez que ma main portât les premiers coups,
Qu'il sentît en mourant qu'il expirait pour vous ;
Mais c'est moi dont l'ardeur leur a servi d'exemple :
Je les ai pour vous seule entraînés dans le temple,
Madame, et vous pouvez justement vous flatter
D'une mort que leurs bras n'ont fait qu'exécuter.
Vous seule avez poussé les coups...

HERMIONE

Tais-toi, perfide.
Et n'impute qu'à toi ton lâche parricide[1].
Va faire chez tes Grecs admirer ta fureur,
Va, je la désavoue, et tu me fais horreur.
Barbare, qu'as-tu fait ? Avec quelle furie
As-tu tranché le cours d'une si belle vie ?
Avez-vous pu, cruels, l'immoler aujourd'hui,
Sans que tout votre sang se soulevât pour lui ?
Mais parle : de son sort qui t'a rendu l'arbitre ?
Pourquoi l'assassiner ? Qu'a-t-il fait ? À quel titre ?
Qui te l'a dit ?

ORESTE

Ô dieux ! Quoi ? ne m'avez-vous pas
Vous-même, ici, tantôt, ordonné son trépas ?

HERMIONE

Ah ! fallait-il en croire une amante insensée ?
Ne devais-tu pas lire au fond de ma pensée ?

1. Le *parricide* désigne le meurtre du père et, plus largement, au XVIIe siècle, le meurtre du roi, de celui qui est le père symbolique du peuple.

Et ne voyais-tu pas dans mes emportements
Que mon cœur démentait ma bouche à tous moments ?
Quand je l'aurais voulu, fallait-il y souscrire ?
N'as-tu pas dû[1] cent fois te le faire redire,
Toi-même avant le coup me venir consulter,
Y revenir encore, ou plutôt m'éviter ?
Que[2] ne me laissais-tu le soin de ma vengeance ?
Qui t'amène en des lieux où l'on fuit ta présence ?
Voilà de ton amour le détestable fruit :
Tu m'apportais, cruel, le malheur qui te suit.
C'est toi dont l'ambassade, à tous les deux fatale,
L'a fait pour son malheur pencher vers ma rivale.
Nous le verrions encor nous partager ses soins ;
Il m'aimerait peut-être, il le feindrait du moins.
Adieu. Tu peux partir. Je demeure en Épire :
Je renonce à la Grèce, à Sparte, à son empire,
À toute ma famille ; et c'est assez pour moi,
Traître, qu'elle ait produit un monstre comme toi.

Scène IV

Oreste, *seul.*

Que vois-je ? Est-ce Hermione ? Et que viens-je d'entendre ?
Pour qui coule le sang que je viens de répandre ?
Je suis, si je l'en crois, un traître, un assassin.
Est-ce Pyrrhus qui meurt ? et suis-je Oreste enfin ?
Quoi ? j'étouffe en mon cœur la raison qui m'éclaire.
J'assassine à regret un roi que je révère.
Je viole en un jour les droits des souverains,
Ceux des ambassadeurs, et tous ceux des humains ;

1. *N'as-tu pas dû* : n'aurais-tu pas dû. \ 2. *Que* : pourquoi.

Ceux même des autels, où ma fureur l'assiège :
Je deviens parricide, assassin, sacrilège.
Pour qui ? pour une ingrate, à qui je le promets,
Qui même, s'il ne meurt, ne me verra jamais [1],
Dont j'épouse la rage. Et quand je l'ai servie,
Elle me redemande et son sang et sa vie !
Elle l'aime ! et je suis un monstre furieux !
Je la vois pour jamais s'éloigner de mes yeux.
Et l'ingrate, en fuyant, me laisse pour salaire
Tous les noms odieux que j'ai pris pour lui plaire !

Scène V

Oreste, Pylade, Soldats d'Oreste

Pylade

Il faut partir, Seigneur. Sortons de ce palais,
Ou bien résolvons-nous de [2] n'en sortir jamais.
Nos Grecs pour un moment en défendent la porte ;
Tout le peuple assemblé nous poursuit à main-forte [3] ;
Aux ordres d'Andromaque ici tout est soumis,
Ils la traitent en reine, et nous comme ennemis.
Andromaque elle-même, à Pyrrhus si rebelle,
Lui rend tous les devoirs d'une veuve fidèle,
Commande qu'on le venge, et peut-être sur nous
Veut venger Troie encore et son premier époux.
Allons. N'attendons pas que l'on nous environne :
Nos Grecs nous rejoindront ; et tandis qu'Hermione
Tient encore le peuple autour d'elle arrêté,
Voilà notre chemin, sortons en sûreté.

1. *Ne me verra jamais :* ne voudra plus jamais me revoir. \ **2.** *Résolvons-nous de :* résignons-nous à. \ **3.** *À main-forte :* les armes à la main.

ORESTE

Non, non, c'est Hermione, amis, que je veux suivre.
À son dernier arrêt je ne puis plus survivre.
Partez : j'ai fait le crime, et je vais l'expier.

PYLADE

Hermione, Seigneur ? Il la faut oublier.
Quoi ! toujours l'instrument et l'objet de sa rage,
Cherchez-vous chez les morts quelque nouvel outrage ?
Et parce qu'elle meurt faut-il que vous mouriez ?

ORESTE

Elle meurt ? Dieux ! qu'entends-je ?

PYLADE

Eh quoi ? vous l'ignoriez ?
En rentrant dans ces lieux nous l'avons rencontrée
Qui courait vers le temple, inquiète[1], égarée.
Elle a trouvé Pyrrhus porté sur des soldats
Que son sang excitait à venger son trépas.
Sans doute à cet objet sa rage s'est émue.
Mais du haut de la porte enfin nous l'avons vue,
Un poignard à la main, sur Pyrrhus se courber,
Lever les yeux au ciel, se frapper et tomber.

ORESTE

Grâce aux dieux ! Mon malheur passe[2] mon espérance.
Oui, je te loue, ô ciel ! de ta persévérance.
Appliqué sans relâche au soin de me punir,
Au comble des douleurs tu m'as fait parvenir.
Ta haine a pris plaisir à former ma misère ;
J'étais né pour servir d'exemple à ta colère,

1. *Inquiète :* agitée. \ **2.** *Passe :* dépasse.

Pour être du malheur un modèle accompli.
Hé bien, je meurs content, et mon sort est rempli.
Où sont ces deux amants ? Pour couronner ma joie,
Dans leur sang, dans le mien, il faut que je me noie ;
L'un et l'autre en mourant je les veux regarder
Réunissons trois cœurs qui n'ont pu s'accorder.
Mais quelle épaisse nuit tout à coup m'environne ?
De quel côté sortir ? D'où vient que je frissonne ?
Quelle horreur me saisit ? Grâce au ciel j'entrevoi[1].
Dieux ! quels ruisseaux de sang coulent autour de moi !

PYLADE

Ah ! Seigneur !

ORESTE

Quoi, Pyrrhus, je te rencontre encore ?
Trouverai-je partout un rival que j'abhorre[2] ?
Percé de tant de coups, comment t'es-tu sauvé ?
Tiens, tiens, voilà le coup que je t'ai réservé.
Mais que vois-je ? À mes yeux Hermione l'embrasse[3] !
Elle vient l'arracher au coup qui le menace ?
Dieux, quels affreux regards elle jette sur moi !
Quels démons, quels serpents traîne-t-elle après soi ?
Eh bien, filles d'enfer[4], vos mains sont-elles prêtes ?
Pour qui sont ces serpents qui sifflent sur vos têtes ?
À qui destinez-vous l'appareil[5] qui vous suit ?
Venez-vous m'enlever dans l'éternelle nuit ?
Venez, à vos fureurs Oreste s'abandonne.
Mais non, retirez-vous, laissez faire Hermione :
L'ingrate mieux que vous saura me déchirer,
Et je lui porte enfin mon cœur à dévorer.

1. *J'entrevoi :* j'entrevois. \ **2.** *J'abhorre :* je hais. \ **3.** *L'embrasse :* le prend dans ses bras. \ **4.** *Filles d'enfer :* les Érinyes, divinités vengeresses qui poursuivent les criminels (elles ont des serpents en guise de cheveux). \ **5.** *L'appareil :* l'équipage, le cortège.

PYLADE

Il perd le sentiment[1]. Amis, le temps nous presse.
Ménageons les moments que ce transport nous laisse[2].
Sauvons-le. Nos efforts deviendraient impuissants
S'il reprenait ici sa rage avec ses sens.

---

1. *Le sentiment :* la raison. \ **2.** Utilisons les moments que sa folie nous offre (*cf.* le vers 1648 : il refuserait de partir ou tenterait de se suicider s'il reprenait conscience).

DOSSIER

LIRE L'ŒUVRE

QUESTIONNAIRE DE LECTURE

LE TITRE

1. Bien qu'elle soit le personnage qui donne son nom à la pièce[1], la mère d'Astyanax est-elle à l'origine de la tragédie ?

2. *Andromaque* signifie, en grec, « combat d'homme (s) ». Quel lien pouvez-vous établir entre cette étymologie et l'intrigue de la pièce de Racine ?

Pour répondre
Demandez-vous quel est le rôle de la veuve d'Hector dans le déroulement de la tragédie. Si elle est l'enjeu de l'intrigue, Andromaque joue-t-elle véritablement un rôle dans le déroulement des événements ? Interrogez-vous sur sa capacité à agir, à modifier le cours des événements. N'oubliez pas qu'elle est entourée d'hommes qui s'affrontent : caractérisez leur lutte et précisez leurs motivations respectives.

3. À quels éléments de la mythologie le titre fait-il référence ? Dans quels passages de la pièce sont-ils développés ?

Pour répondre
Cherchez dans un dictionnaire qui est Andromaque, lisez les développements consacrés plus loin au mythe d'Andromaque[2] et relevez dans le texte les différents passages qui se réfèrent explicitement à son histoire.

LE GENRE

Une tragédie

4. Les héros de la pièce sont-ils maîtres de leur destin ? Réussissent-ils à obtenir ce qu'ils cherchent ? Leurs actions ont-elles les conséquences qu'ils en attendaient ?

Pour répondre
Dans la tragédie, le rapport au destin est un élément constitutif essentiel. Le *fatum* (« destin ») pèse sur les protagonistes : c'est tout autant l'influence de leur lignée que le poids de leurs désirs passionnés et passionnels. Demandez-vous quelles sont leurs volontés précises et comparez-les avec les résultats obtenus. Interrogez-vous sur les raisons de la différence que vous aurez constatée.

---

1. Un personnage qui donne son nom à la pièce est aussi appelé *personnage éponyme*. \ **2.** Voir « L'œuvre dans l'histoire », p. 106-109.

5. Selon Aristote, la tragédie suscite « terreur et pitié ». Peut-on dire qu'*Andromaque* est une tragédie respectant ces principes ?

Pour répondre
Demandez-vous si *Andromaque* peut susciter ces deux sentiments chez le lecteur. Où le voyez-vous ? Relevez dans la pièce des passages qui le montrent.

Une tragédie classique

• Les unités

6. Par quel événement la pièce débute-t-elle ? Comment s'achève-t-elle ? Vous paraît-il possible que toute l'intrigue puisse se dérouler en vingt-quatre heures ? Quel est l'effet obtenu par cette concentration de l'action ?

Pour répondre
La célèbre unité de temps, établie par Aristote[1], est fondamentale dans le théâtre classique. Si la durée réelle de la représentation est généralement fixée à deux heures et demie, trois heures, celle de l'intrigue doit s'étaler au maximum sur « une révolution de soleil ». Essayez, en reprenant chaque acte, d'estimer la durée relative des événements la composant.

7. Quels sont les différents endroits qui servent de décor à l'intrigue ? L'unité de lieu vous paraît-elle respectée ? Quel est l'effet produit ?

Pour répondre
Établissez un relevé précis des lieux où se déroulent les scènes, puis analysez-les. Rappelez-vous que l'espace peut être élargi ; il ne s'agit pas, pour un dramaturge classique, de tout placer dans un endroit unique réduit mais dans un lieu précis, une ville par exemple.

8. Quelle est l'intrigue principale de la pièce ? Quels sont les éléments secondaires qui viennent s'adapter à cette trame ? Quel est l'effet produit ?

Pour répondre
Rappelez-vous que toute pièce classique est fondée sur les trois unités ; l'unité d'action est fondamentale. Toute l'intrigue doit être fondée sur un seul fil conducteur ; tous les autres événements ou discours présentés doivent être subordonnés à cette trame et lui être étroitement liés.

1. *Aristote* : philosophe grec (env. 384 - env. 322 av. J.-C.), élève de Platon. Il fonda une école, le Lycée, qui tire son nom du quartier d'Athènes où elle était située, et dans laquelle il enseigna durant douze ans. Sa *Poétique* définit le principe de la tragédie et les principales règles tragiques, dont l'unité d'action et la *catharsis* (voir « L'œuvre dans un genre », p. 141 et 152).

• Les bienséances

9. Relisez les scènes 3 et 8 de l'acte III ainsi que la scène 3 de l'acte V. Quel est leur sujet ? Comment les événements sont-ils présentés ? Montrez que Racine a respecté la règle de la bienséance dans ces scènes.

Pour répondre

N'oubliez pas que le spectateur du XVIIe siècle est habitué à ne jamais assister à des actes violents sur scène. Combats, assassinats, suicides ne sont jamais représentés devant lui mais racontés. Voir également « L'œuvre dans le genre », p. 152-154, où vous trouverez des précisions sur les bienséances.

• La structure de la pièce

10. À quel moment l'exposition commence-t-elle, quand finit-elle ? Combien de scènes Racine a-t-il utilisées pour nous présenter la pièce ? Comment peut-on justifier ce choix ?

Pour répondre

L'exposition est l'ouverture, le début de la pièce. Pour que le public puisse suivre les événements et entrer dans l'intrigue, il faut lui présenter les personnages, situer le lieu et le moment de l'action, en indiquer les principales composantes. Cet exposé peut donc être très bref et s'étendre sur une ou deux scènes ; il peut aussi, en revanche, s'étendre sur un acte entier.

11. Par quel coup de théâtre l'action est-elle relancée au deuxième acte ? Quel est l'effet produit ?

Pour répondre

Un coup de théâtre, ou péripétie, est une action inattendue, un retournement brutal de situation, qui relance l'intrigue et l'intérêt, en modifie le déroulement, provoque de nouvelles réactions.

12. Dans quelle scène le dénouement commence-t-il ? Quelles en sont les différentes étapes ? Quel est l'effet créé par cette organisation ? Quel est le sens de la situation finale ? Quel est le personnage qui vous paraît le plus important pour la fin de la pièce ? Peut-on parler d'une fin tragique pour tous les personnages ?

Pour répondre

Le dénouement tragique doit régler le sort des différents personnages et mettre un terme à l'action principale comme à celles, secondaires, qui s'y rattachent. S'il n'intervient, pour les protagonistes, que dans le dernier acte, il peut aussi débuter dès l'avant-dernier acte et se poursuivre durant la totalité du cinquième.

• Les personnages

13. Le personnage de Pyrrhus correspond-il à l'image habituelle du roi ? Quelles sont ses principales caractéristiques ? Quel rôle joue-t-il dans l'action ?

Pour répondre
Dans les tragédies, les personnages sont toujours de condition élevée, et la générosité [1] est l'une de leurs principales vertus [2]. Ils opposent toujours leurs désirs aux ordres du destin. L'amour, passionné et exclusif, constitue le plus souvent un obstacle à leur épanouissement ; c'est une source de conflits qui cause fréquemment leur perte. Rois ou princes, les personnages désirent assouvir leurs besoins sans tenir compte de leur entourage ni des lois propres à leurs états et ils se heurtent alors aux dieux, aux règles admises dans leurs sociétés, à leurs contemporains.

14. Étudiez le personnage d'Andromaque : comment expliquez-vous son évolution durant la pièce ?

Pour répondre
Confrontez les différentes attitudes du personnage en fonction de sa situation, songez aux caractéristiques qui la définissent (c'est une veuve éplorée, une épouse fidèle par-delà la mort, une mère aimante et inquiète, une ennemie des Grecs, une des dernières survivantes d'une ville, d'un peuple...). Comparez ces caractéristiques au début et à la fin de la pièce. Étudiez son attitude finale.

15. Comment expliquez-vous le comportement d'Hermione durant la pièce ? Quelles conséquences ses réflexions (acte V, scène 1) et sa décision (acte V, scène 2) ont-elles sur l'action et sur le dénouement ?

Pour répondre
Étudiez les sentiments du personnage dès l'ouverture de la pièce. Analysez ses actes à la lumière de ces sentiments ainsi que de ceux exprimés dans la tirade de l'acte V, scène 1. Demandez-vous pourquoi ce monologue est essentiel à la compréhension du dénouement. N'oubliez pas que le théâtre s'inscrit dans une double énonciation et dans une double destination [3] : l'auteur, à travers ses personnages, s'adresse également aux spectateurs.

---

1. La *générosité* ne correspond pas à notre libéralité moderne mais à des qualités, des vertus très prisées à l'époque de Racine. Elle désigne, en effet, tout à la fois une bravoure remarquable, une noblesse de sentiments et de cœur, allant même jusqu'à la notion de sacrifice, d'oubli de soi au profit d'autrui. Vous vous demanderez donc si, lorsque Pyrrhus refuse de tuer Astyanax, il fait preuve de cette magnanimité. \ **2.** Voir « L'œuvre dans un genre », p. 162. \ **3.** Voir « L'œuvre dans un genre », p. 146-147.

16. Quel rôle les deux confidents jouent-ils dans la pièce ? Pourquoi sont-ils importants pour le dénouement d'une tragédie ?

Pour répondre

Les confidents ont généralement un rôle précis. Ils permettent au public de prendre connaissance des états d'âme de leurs maîtres. Ils jouent cependant un rôle essentiel dans l'analyse de l'évolution psychologique du personnage qu'ils servent puisque leurs interventions permettent de mieux cerner la situation émotionnelle de leurs maîtres. Vous vous demanderez si leur fonction se réduit ici à cette simple clarification ou s'ils assument un autre rôle.

17. Analysez les relations amoureuses entre les personnages : qui aime qui ? Comment le sentiment amoureux s'exprime-t-il ? Quel rôle joue-t-il dans l'intrigue ?

Pour répondre

Demandez-vous quelles sont les répercussions de ces amours sur la politique dans la pièce. Étudiez également les différentes manières dont l'amour apparaît dans la pièce, comment chaque personnage exprime ce sentiment, puis déterminez son importance dans l'évolution de l'intrigue.

• La portée de la pièce

18. En quoi cette intrigue, située dans un passé lointain, peut-elle concerner les contemporains de Racine ? En quoi peut-elle encore concerner des lecteurs du XXIe siècle ?

Pour répondre

Demandez-vous quel rôle le récit d'événements aussi anciens, aussi ancrés dans les légendes et les références culturelles, peut jouer pour un spectateur de l'époque de Racine. Et quelle importance une telle histoire peut-elle avoir pour les citoyens d'un pays démocratique moderne ? Intéressez-vous alors aux sentiments et aux réactions psychologiques mises en scène.

L'ŒUVRE DANS L'HISTOIRE

LE CONTEXTE LITTÉRAIRE : *ANDROMAQUE* ET SES SOURCES ANTIQUES

LE MYTHE ANTIQUE

Andromaque est une des héroïnes de l'*Iliade* d'Homère, l'épopée que le poète grec consacre au récit de la guerre de Troie. L'histoire est connue de tous les spectateurs de Racine. En voici l'essentiel : le prince troyen, Pâris – célèbre pour avoir au préalable déplu à la fois à Héra (femme de Zeus) et à Athéna en offrant une pomme d'or à Aphrodite –, enlève Hélène (femme de Ménélas, roi de Sparte). Les Grecs[1] (ou Achéens) décident de venger l'outrage. Ils assiègent Troie, dont Priam (père de Pâris) est le roi. Le siège dure dix ans et les Achéens ne doivent leur victoire qu'à une ruse conçue par Ulysse, qui imagine de construire un cheval de bois gigantesque et d'y dissimuler des guerriers. Il conseille aux Grecs de faire semblant de quitter les rivages de Troie en abandonnant le cheval sur les lieux du siège. Croyant avoir enfin vaincu leurs ennemis, les Troyens font entrer dans leur ville le cheval, qu'ils prennent pour la statue d'un dieu abandonnée par les Grecs. Les guerriers dissimulés à l'intérieur du cheval en sortent durant la nuit, ouvrent les portes à l'armée grecque revenue en cachette et la ville est prise et incendiée. Presque tous les hommes de Troie sont massacrés, les femmes réduites en esclavage. Les vainqueurs se partagent alors les femmes et Andromaque, la veuve d'Hector (fils de Priam et héros de la cité) revient en butin à Néoptolème (Pyrrhus), le fils d'Achille. Astyanax, le fils d'Andromaque, est jeté du haut des remparts de la ville avant que ceux-ci ne s'effondrent.

1. Les Grecs sont alors soutenus par les deux déesses outragées – Héra et Athéna – qui condamnent la ville de Troie pour se venger, tandis que Troie est favorisée par Aphrodite.

LE TRAITEMENT DU MYTHE D'ANDROMAQUE DANS LA LITTÉRATURE

Le sujet a été repris par de nombreux auteurs, dès l'Antiquité. Voici les principales sources dont s'est inspiré Racine.

L'Iliade d'Homère (IXe siècle av. J.-C.), chants VI et XXII

Dans le chant VI de l'*Iliade* (v. 393-502), le poète grec nous présente la scène des adieux d'Andromaque et d'Hector. C'est là que Racine a sans doute puisé une partie de son inspiration. Hector y évoque la mort des siens, la nécessité de lutter contre Achille et l'obligation, pour son épouse, d'élever son fils en digne héritier du guerrier émérite qu'est son père. Andromaque, elle, se lamente de le voir partir. Elle craint la mort prochaine de son époux, Hector, et pressent la victoire d'Achille qui a triomphé auparavant de ses sept frères. Le chant XXII (v. 459-515) nous montre la femme éplorée qui, lorsque Priam ramène le corps de son mari, pleure son époux défunt tout en devinant les malheurs qui vont accabler Astyanax, leur fils.

Racine réutilise donc ces traits pour peindre une mère inquiète et éplorée (I, 4, 373-377 ; III, 6, 925-946 ; III, 8, 1014-1036) et mettre en évidence ce qui, au XVIIe siècle, paraît essentiel, la dimension affective et psychologique du personnage.

Euripide (Ve siècle av. J.-C.)

• *Andromaque*

Le dramaturge grec a écrit une *Andromaque* dont l'intrigue ne fait jamais apparaître sur scène Pyrrhus, le fils d'Achille. Mais il oppose Andromaque, veuve d'Hector devenue concubine de Pyrrhus et mère d'un fils, à Hermione, femme légitime mais stérile et abandonnée. Hermione, déçue et blessée, ainsi que Ménélas, venu à Buthrot pour aider sa fille, veulent se débarrasser d'Andromaque. Celle-ci, effrayée, appelle à son aide Pélée, le grand-père de Pyrrhus, qui accepte de protéger Andromaque et son fils. Ménélas repart pour Troie, et Pyrrhus est assassiné par Oreste et ses amis dans le temple d'Apollon où il tente de se réconcilier avec le dieu. Hermione meurt à son tour, et Andromaque est sauvée par l'intervention de Thétis venue demander à Pélée d'enterrer Pyrrhus puis de la rejoindre parmi les immortels en laissant Andromaque épouser Hélénos, roi de Molossie.

Si l'histoire contée par Euripide est très différente, Racine a cependant pu lui emprunter le récit de la mort de Pyrrhus, entouré par les conjurés puis assassiné au pied de l'autel (Euripide, v. 1085-1161 ; Racine, v. 1495-1520).

• *Les Troyennes*

Euripide a également écrit *Les Troyennes*. Dans cette pièce, il raconte les suites immédiates de la guerre de Troie. Au pied des murs de la ville détruite, alors qu'Athéna et Poséidon décident de faire mourir tous les soldats achéens[1], les Grecs se partagent le butin et tirent au sort les Troyennes faites prisonnières[2]. Andromaque revient ainsi à Néoptolème (Pyrrhus), Cassandre à Agamemnon, Polyxène à Achille. Alors qu'Astyanax est précipité du haut des remparts de la ville, « lancé comme un disque du haut des tours », Polyxène est exécutée sur la tombe d'Achille. Ménélas repart avec Hélène qu'il veut tuer pour se venger, Agamemnon épouse Cassandre, et Andromaque doit suivre Pyrrhus. Puis les murs de Troie s'effondrent.

Dans les vers 634 à 683 des *Troyennes*, Andromaque rappelle à la fois son attachement à Hector et son horreur d'être « esclave dans la maison des meurtriers des [s] iens ». Elle offre également aux spectateurs une plainte déchirante lorsqu'elle apprend que l'on va précipiter son fils du haut des remparts (v. 740-777). Cependant, la veuve d'Hector laisse le tombeau de son mari derrière elle, au pied des murs de la ville. Résignée, elle termine ses lamentations en renonçant à la lutte : « Les dieux veulent notre perte et je ne puis empêcher la mort de mon fils. » Racine a pu s'inspirer de ces passages lorsqu'il a prêté à son Andromaque des expressions d'attachement indéfectible à son époux défunt ainsi qu'un amour maternel affirmé.

• *Iphigénie en Tauride, Oreste*

Dans *Iphigénie en Tauride* enfin, le dramaturge grec reprend d'autres éléments de la mythologie. Iphigénie, devenue prêtresse d'Artémis, doit mettre à mort tous les étrangers. Reconnaissant son frère (Oreste) parmi les deux visiteurs qu'elle doit sacrifier, elle les épargne et s'enfuit avec eux. Cette pièce fait également apparaître le compagnon d'Oreste, Pylade, présenté comme un ami sincère et véritable, disant par exemple à Oreste : « Si tu meurs, l'existence est pour moi un opprobre » (v. 674-675).

1. *Achéens* : grecs. \ 2. Racine s'en souvient dans les vers 186-190 (acte I, scène 2).

Racine conserve donc cette relation forte entre les deux hommes puisque, dès la première scène, les deux amis réaffirment sans ambages leur proximité. De plus, lors du dénouement, c'est Pylade qui soustrait Oreste à la poursuite des vengeurs de Pyrrhus. Enfin, c'est à la pièce consacrée au fils d'Agamemnon, *Oreste*, que Racine emprunte l'épisode de la folie du personnage.

*L'*Énéide *de Virgile (env. 70-env. 19 av. J.-C.) et la* Troade *de Sénèque (env. 4-env. 65)*

Ces deux auteurs latins ont sans doute fourni quelques traits de Pyrrhus. Dans le livre II de l'*Énéide* de Virgile, le portrait du jeune homme est en effet très développé. Le guerrier est présenté dans toute sa cruauté, « ivre de carnage »... Racine fait également allusion à la *Troade* dans la première préface d'*Andromaque*. Dans ce texte de Sénèque, Andromaque voit son mari en rêve. Celui-ci lui ordonne de sortir « de son sommeil », de cesser de se lamenter sur la chute de Troie, puisque nul ne peut plus l'empêcher, et de s'enfuir pour sauver son fils.

RACINE ET LES SOURCES ANTIQUES

Les éléments retenus

Racine a retenu assez peu de passages de la légende dans sa pièce. Dans son entreprise d'« imitation » des anciens, il conserve les éléments qui accentuent le caractère tragique de l'histoire. À Homère, on a vu qu'il emprunte l'image d'Andromaque, mère aimante dont l'évocation dans la pièce est directement inspirée du chant VI de l'*Iliade*. Le désespoir d'Andromaque devant l'avenir incertain de son fils est adapté des *Troyennes* d'Euripide, dont l'œuvre est une constante source d'inspiration dans la pièce. À *Iphigénie en Tauride*, il emprunte l'épisode d'Oreste allant « mendier la mort » (II, 2, 491-494), la folie de l'amant éconduit d'Hermione provient d'*Oreste*, l'affrontement des deux rivales féminines (III, 5) semble également venir de l'*Andromaque* d'Euripide.

On note cependant une différence notable : Astyanax, le fils d'Andromaque, est vivant dans la pièce de Racine. Il faut y voir – on y reviendra – une preuve du souci de la bienséance[1] : il est impossible de présenter une

1. Voir « L'œuvre dans un genre », p. 152-154.

intrigue dans laquelle un enfant aurait joué le rôle de la victime. Vivant, Astyanax donne plus de force à l'intrigue : c'est parce qu'il vit que Pyrrhus peut exercer son chantage, et qu'Andromaque est poussée à demeurer en vie et à ne pas s'opposer trop nettement à son geôlier.

Le rapport de Racine à ses sources est donc un rapport de fidélité toute relative. Il reprend certes quelques éléments des légendes antiques, mais y apporte, comme on va le voir, de notables modifications. Celles-ci sont possibles d'abord parce que Racine travaille avec des personnages familiers à son public, ensuite parce qu'il se soumet aux bienséances. Tous ces changements concernent le traitement de personnages dont l'intrigue met en évidence la puissance des passions qu'ils éprouvent, l'intensité des conflits intérieurs qui les déchirent et la force du sentiment amoureux qui les anime. Plus généralement, ces modifications sont le signe de la volonté qu'a Racine d'insérer *Andromaque* dans son siècle.

Les libertés prises vis-à-vis des anciens

Fidèle aux habitudes de son époque, Racine cite explicitement ses principales sources dans ses deux préfaces, et il justifie ses innovations. Si seule la première fait allusion à Sénèque, les deux textes liminaires présentent Virgile et Euripide comme devanciers. Toutefois, le dramaturge classique ne reconnaît que peu de dettes à leur égard. Du reste, comme il l'indique lui-même, les personnages sont « si fameux » qu'il était possible de prendre quelques libertés avec leur histoire.

Dans cette optique, puisque les sources sont connues et culturellement admises, rien ne s'oppose aux modifications décidées par Racine. Le public connaît suffisamment ces personnages pour ne pas être dérouté par des innovations. Il est dès lors possible qu'Andromaque ne soit plus la concubine de Pyrrhus, qu'elle ne connaisse « point d'autre mari qu'Hector, ni d'autre fils qu'Astyanax », qu'Hermione ne soit pas encore officiellement son épouse, que la veuve d'Hector ait toujours Astyanax près d'elle, que le tombeau de son premier époux se trouve près de son lieu de captivité, que Molossus, l'enfant issu de ses amours avec le fils d'Achille, ne soit jamais né et, surtout, que leur relation ne soit pas réalisée… La modification des biographies des personnages mythologiques autorise l'invention de situations nouvelles, elle permet aussi de mettre en évidence la force du lien qui unit encore Andromaque à son passé troyen.

Le rôle des bienséances dans les modifications apportées aux personnages

Il est probable que la bienséance a également présidé à certaines modifications : l'idéalisation d'Andromaque, notamment, s'explique par cette règle de l'époque. La bienséance interdit, en effet, de montrer sur scène une concubine ou une maîtresse côtoyant une épouse légitime, d'autant que la cour de Louis XIV se passionne alors pour les amours illégitimes du roi.

Andromaque, la femme d'Hector, est donc présentée comme absolument fidèle : elle ne cesse d'évoquer leur dernière entrevue (III, 8, 1014-1026), songe à « aller revoir » son époux défunt (I, 4, 378), elle va jusqu'à le « consulter », en se rendant sur sa tombe au moment de prendre la décision d'épouser Pyrrhus pour sauver son fils, qui constitue à ses yeux le « gage » que lui a laissé son mari, « l'image d'Hector » (III, 8, 1048 et 1016-1017).

Comme leurs devanciers de l'Antiquité, les personnages de Racine sont mus par des sentiments violents. La tendresse et la cruauté interviennent donc, mais leur expression est modérée par les bienséances : la sauvagerie de Pyrrhus est adoucie par l'amour, la présence d'Andromaque annihile toute volonté de vengeance sur Astyanax, la passion meurtrière d'Hermione et d'Oreste finit par s'achever dans l'autodestruction...

La peinture des passions des personnages

La volonté de privilégier l'évocation des souffrances intérieures des personnages explique aussi les modifications apportées aux légendes antiques par Racine, pour qui l'intérêt des aventures de la veuve d'Hector réside, en effet, dans la « triste histoire » de la jeune femme. C'est dans les souffrances intérieures, dans les passions mêmes, et non dans les situations, que résident les éléments essentiels de la tragédie racinienne. La misère des survivants de Troie, la cruauté de leur condition, la férocité du destin qui les accable sont mises en évidence par Racine, qui insiste particulièrement sur le récit de la chute de Troie et sur les souffrances qui en ont découlé pour les vaincus.

La « nuit cruelle » est en effet, pour Andromaque, une nuit inoubliable, « nuit éternelle » pour « tout un peuple » (III, 8, 998), elle est celle du « carnage » (v. 1002), de la mort violente de tous ceux auxquels elle tenait : ses « frères » (v. 1001), son peuple. C'est également le souvenir des incendies, des « palais brûlants » (v. 1000) et, surtout, de l'apparition d'un Pyrrhus animalisé, prédateur victorieux et couvert du sang de ses victimes, « les yeux étincelants », marchant « sur » les cadavres, qui la hante (v. 999 et 1001). La mort d'Hector, douleur plus personnelle encore, est également évoquée dans toute sa cruauté : elle ne peut oublier « Hector privé de funérailles, / Et traîné sans honneur autour de nos murailles » (v. 993-994). Tourmentée par l'injustice du sort, elle ne peut accepter la gloire d'Achille, qui tire sa renommée de sa victoire sur Hector, le défenseur de Troie : « Sa mort seule a rendu votre père immortel », dit-elle à Pyrrhus pour justifier son refus d'oublier son époux (I, 4, 360).

Le passé troyen d'Andromaque n'est donc pas montré sur scène, mais son évocation dans plusieurs passages permet à la tragédie racinienne de montrer l'intensité des souffrances éprouvées par l'héroïne et d'affiner l'étude des passions et de la psychologie.

L'étude des conflits intérieurs des personnages

Quand le public assiste à une représentation tragique, il apprécie les études psychologiques que le déroulement de l'intrigue permet d'exposer. Beaucoup plus que la tragédie antique, la tragédie racinienne utilise les données de la mythologie pour mettre en place des situations dans lesquelles les héros sont soumis à des débats intérieurs minutieusement observés. Ainsi le dilemme d'Andromaque est exposé pleinement dans la scène 8 du troisième acte : sa décision ne peut qu'exciter la pitié puisqu'elle s'adresse d'abord à son fils, absent de la scène mais sans cesse présent dans son cœur et ses pensées (« Non, tu ne mourras point », v. 1036), avant d'exprimer une souffrance désespérée et de se lamenter de devoir épouser Pyrrhus [1].

Dans cette prosopopée [2], l'analyse psychologique est très précise : la jeune femme s'adresse d'abord à son mari, à ses concitoyens et à son père, qu'elle a le sentiment de trahir en acceptant la proposition de Pyrrhus. Elle s'adresse ensuite à son fils puisque, dans la situation où elle se trouve, c'est lui qui justifie entièrement cette attitude : la vie d'Astyanax est en

1. « Ô cendres d'un époux ! ô Troyens ! ô mon père !/Ô mon fils, que tes jours coûtent cher à ta mère ! » (v. 1045-1046).\ 2. *Prosopopée :* figure de style qui consiste à faire parler un mort ou un absent, à dialoguer avec lui parfois.

jeu, il appartient à sa mère de le préserver du sort qu'ont déjà subi ses précédents interlocuteurs fictifs, au nom de son amour pour Hector qui lui a demandé de montrer « au fils à quel point [elle] chérissai[t] le père » (v. 1026). Le piège est donc implacable : enfermée dans ses engagements, Andromaque doit se résoudre à trahir pour mieux demeurer fidèle, à épouser un autre homme pour mieux être loyale à son premier époux... Le public trouve ainsi tous les ingrédients du tragique : poids d'un destin implacable, renoncement à soi au profit d'une cause et d'un idéal supérieur, disparition des aspirations individuelles au service du bien d'autrui... En offrant à son public ce type de délibération, Racine se plie aux attentes de l'époque[1].

La force du sentiment amoureux

Dans la tragédie racinienne, politique et sentiments sont généralement unis. C'est le cas d'*Andromaque*, où les questions politiques sont constamment évoquées : si Pyrrhus épouse Andromaque par passion, il s'engage alors nécessairement dans une guerre contre ses anciens alliés grecs. Son assassinat cause du reste une véritable révolution puisqu'une reine étrangère, une ennemie, prend le pouvoir. Enfin, ces noces modifient totalement les rapports sociaux à Buthrot, puisque la captive devient reine.

Cependant – et c'est en cela qu'elle diffère de la tragédie antique –, c'est l'amour qui constitue le principal moteur de la tragédie racinienne, et la politique n'est affectée que parce que les sentiments entrent en jeu. Si Pyrrhus, dès la scène 4 du premier acte, affirme qu'il protégera Astyanax (v. 286-290), qu'il défendra sa vie « au péril de [s]es jours », il ne le fait qu'en échange d'« un regard moins sévère » d'Andromaque (v. 290). S'il accepte d'imaginer qu'Hermione puisse partir en compagnie d'Oreste (I, 3, 253-256), rompant ainsi les engagements pris avec ses alliés grecs, c'est parce qu'il espère être aimé d'Andromaque. S'il envisage de livrer le fils d'Hector aux Grecs, c'est par vengeance, afin que le fils lui réponde « des mépris de la mère » (I, 4, 370). On le voit, ce roi n'est pas maître de lui-même. Vaincu par l'amour, « brûlé de plus de feux qu'[il n'en] allum[a] » (v. 320), rongé de « remords », de « regrets » (v. 317, 319), prisonnier de

1. C'est la thèse soutenue par Alain Niderst dans *Les Tragédies de Racine. Diversité et unité*, Nizet, 1975.

l'amour, il n'est plus capable de dominer ses passions, il est parfaitement conscient qu'Andromaque règne sur lui et, par là même, sur son royaume (v. 352).

Lorsqu'il s'engage contre les Grecs, il n'ignore pas les conséquences politiques de sa décision, il pressent que son royaume va en pâtir et sait « combien [il va] sur [lui] faire éclater de haines » (III, 7, 962). Mais seul l'amour le mène et, lorsqu'il épouse Andromaque, il est devenu aveugle à tout. Le guerrier, le roi ont disparu derrière l'homme amoureux. S'il est si aisé à assassiner c'est parce qu'« il ne voit rien » d'autre que la femme qu'il aime, ne protège que le fils d'Hector (V, 2, 1449 et 1453), comme le rapporte Cléone à Hermione, et offre à la veuve d'Hector sa couronne et sa foi (V, 3, 1507). Sa mort est donc inévitable : l'homme a rompu ses engagements, le roi a trahi ses alliés, il installe une Troyenne sur un trône grec, donne à ses sujets une reine ennemie, bref, oublie ses devoirs d'homme, de roi et de protecteur de son peuple.

L'influence du contexte politique et culturel

Dans ses pièces, Racine s'attache souvent à la peinture de l'innocence martyrisée. Il s'adresse d'une part aux contemporains de Louis XIV, qui ne peuvent avoir oublié les menaces que fit peser la Fronde sur la vie de l'enfant-roi. Il s'adresse d'autre part à des chrétiens : dans *Andromaque* – comme pour le jeune Louis et sa mère, bien que les circonstances et la situation soient extrêmement différentes –, le destin finit par être favorable aux innocents menacés : la mère et son fils sont sauvés, les méchants punis…

La mythologie apporte ainsi à Racine des personnages forts, des aventures violentes, des discours passionnés. Mais l'actualité qui préside à l'écriture de ses œuvres ainsi que les attentes du public modèrent la violence antique et invitent à analyser plus précisément de quelle manière *Andromaque* s'inscrit dans son siècle.

E CONTEXTE HISTORIQUE : *ANDROMAQUE* DANS SON SIÈCLE

LA MONARCHIE ABSOLUE DE DROIT DIVIN

Le « règne personnel » de Louis XIV

En 1667, la France est un royaume dirigé sans réelle contestation par le roi Louis XIV (1638-1715). Sacré à Reims en 1654, le jeune monarque a annoncé dès le 10 mars 1661 qu'il gouvernerait « en personne ». Depuis l'arrivée au pouvoir de Colbert[1] en 1661 et l'arrestation de Fouquet[2] le 5 septembre 1661, Louis XIV règne sans partage. Le roi n'a pas oublié la Fronde[3] et il s'entoure de bourgeois, commerçants ou juristes, à qui il confie la tâche d'administrer le royaume. Colbert, recommandé par Mazarin, devient ainsi secrétaire d'État à la Marine et à la Maison du roi, Le Tellier (1603-1685) est nommé à la Guerre et son fils aîné, Louvois (1639-1691), à la suite de son père. Cette noblesse « de robe », qui a obtenu son titre sans l'hériter par la naissance et ne peut le transmettre à ses descendants, appuie le roi dans sa politique. Louis XIV, soutenu par sa mère, qui meurt en 1666, lutte alors contre les excès des grands seigneurs, et il organise un tribunal d'exception en 1665-1666[4] pour les juger. Douze mille plaintes sont alors déposées, mille trois cent soixante nobles sont jugés et vingt-trois seront condamnés à mort…

Pour assurer la prospérité économique, Louis XIV crée la Compagnie des Indes en mai 1664 et, désireux de faire valoir ses droits sur les Pays-Bas et la Franche-Comté, se lance dans la guerre de Dévolution[5] en 1667. Cette même année, date de la création d'*Andromaque*, il met en place la lieutenance

---

1. *Jean-Baptiste Colbert* (1619-1683). \ 2. *Nicolas Fouquet* (1615-1680) : surintendant des finances, ayant acquis une fortune importante, s'entourant d'écrivains célèbres comme La Fontaine, Mme de Sévigné, Molière ou d'artistes comme Poussin et Le Brun. Il donna une fête somptueuse dans son château de Vaux (aujourd'hui Vaux-le-Vicomte), dont Louis XIV prit ombrage ; il fut arrêté à Nantes et incarcéré au fort de Pignerol, où il mourut dans des circonstances mal élucidées. \ 3. *La Fronde* (1648-1653) : mouvement de remise en cause de la monarchie, du pouvoir de Mazarin et Richelieu, qui causa des troubles en France et menaça même la vie du roi, durant la minorité de Louis XIV. \ 4. Fouquet est ainsi jugé entre 1662 et 1664.\ 5. *La guerre de Dévolution :* la dot de son épouse, 500 000 écus, promise en échange de la renonciation par Louis XIV de ses prétentions au trône d'Espagne (en vertu du traité des Pyrénées) n'ayant pas été versée, le jeune roi réclame alors ce que cette absence lui permet de demander : le trône des Pays-Bas et la domination de la Franche-Comté.

générale de police, établit le Code Louis. Depuis 1665, Colbert fait en outre construire une flotte de guerre en prévision d'un conflit contre l'Espagne[1].

Pyrrhus : un contre-modèle monarchique

• Pyrrhus, un tyran capricieux

Le spectateur d'*Andromaque* trouve de nombreux points communs entre cette époque de règne personnel et le contenu de la pièce. Pyrrhus exerce aussi un pouvoir absolu. Souverain légitime, il n'a pas de véritable conseiller, son confident n'a pas de poids sur ses décisions et le jeune guerrier, cruel et sans retenue, est habitué à n'obéir qu'à ses désirs et à son « bon plaisir ». Lorsque Phoenix tente de lui rappeler les risques d'un changement d'alliance, la colère d'Hermione et celle des Grecs paraissent sans importance au jeune roi. Il l'interrompt brutalement, ne lui répond pas et résume toute sa politique et ses soucis dans une formule lapidaire et révélatrice : « Andromaque m'attend » (IV, 6, 1392). Tout est dit : seuls ses désirs le gouvernent. Devenu sourd et aveugle à tout, il ne se soucie plus que de satisfaire ses aspirations, de sacrifier tout à son plaisir immédiat. Le défi lancé par le jeune homme, qui couronne Andromaque lors du mariage, qui jure de défendre son fils, qui s'oppose ainsi ouvertement aux engagements et aux alliances antérieurs, est celui d'un monarque qui ignore les risques, oublie le poids de son entourage. Il n'hésite pas à braver tous les obstacles : il couronne la mère, « voue à [son] fils une amitié de père », reconnaît pour ennemis tous ceux qui le poursuivent, et « le reconnaî[t] pour le roi des Troyens » (V, 3, 1507-1512). Il n'a disposé sa garde qu'autour d'Astyanax, inconscient même de dépasser les limites acceptables par ses sujets et ses alliés... C'est alors qu'il se heurte à une réaction brutale, violente : les Grecs « n'ont répondu que par un cri de rage », « Chacun se disputait la gloire de l'abattre » (v. 1514, 1517).

1. La guerre franco-espagnole se déroule de 1655 à 1659. Elle s'achève par le traité de paix des Pyrénées, signé le 7 novembre 1659, qui détermine également le mariage de Louis XIV avec l'Infante Marie-Thérèse, célébré en 1660. Ses causes sont nombreuses : les princes frondeurs ont utilisé des troupes espagnoles ; lorsque la Grande-Bretagne conquiert la Jamaïque en avril, l'Espagne lui déclare la guerre en décembre 1655. La France, alliée de l'Angleterre depuis l'accord signé par Mazarin avec Cromwell le 23 mars 1657, entre en guerre contre l'Espagne en mai 1657. L'Espagne perd le combat.

• Louis, un roi exemplaire

Le public du temps peut voir là une évocation de la Fronde. Mais, alors que Louis XIV, soucieux des affaires du royaume, a triomphé de l'opposition, Pyrrhus, aveuglé, oubliant les intérêts de son peuple, méprisant l'ambassadeur ami, meurt, victime de cette démesure... Il n'est évidemment pas question pour Racine de dévaloriser le jeune Louis XIV, et le parallèle avec Pyrrhus ne peut être total. Le roi de France ne peut être complètement identifié au héros grec. Il est, en revanche, valorisé par sa différence, par sa capacité à triompher de ses propres passions, par son aptitude à se plier aux exigences de sa tâche. On sait par exemple que le roi de France n'épousera pas celle qu'il aime, mais celle qu'il doit choisir pour le bien du royaume : Mlle de la Vallière, fille d'honneur d'Henriette d'Angleterre, devint favorite de Louis XIV mais le roi dut renoncer à son amour pour se conformer aux obligations de sa charge.

UNE POLITIQUE CULTURELLE AMBITIEUSE

Des institutions nouvelles

Une fois son pouvoir consolidé et sa Cour installée à ses côtés au château de Saint-Germain-en-Laye, le roi se lance dans une politique culturelle ambitieuse. Tandis que l'agrandissement et la décoration du château de Versailles, où il s'installera en 1672, sont en cours de réalisation, des organes culturels essentiels sont mis en place, et le mécénat officiel se développe.

• De nouveaux organes culturels

Des publications consacrées à la culture apparaissent : un *Journal des Savans* (selon l'orthographe du temps) voit le jour en 1665. Son dessein est de « faire savoir ce qui se passe de nouveau dans la république des lettres ». Ses douze pages présentent les décisions de la censure, analysent les nouveautés, rendent compte des événements littéraires, de la représentation des pièces théâtrales, notamment. L'Académie française, créée par Richelieu en 1635, joue toujours, en 1667, un rôle essentiel pour la littérature. Cherchant à fixer la langue, à la réguler, elle devient, à partir de la Querelle du *Cid* en 1637, une sorte d'arbitre du bon goût et du bon usage. Dans ce « tribunal littéraire » les conflits se multiplient. Chapelain[1],

1. *Jean Chapelain* (1595-1674) : critique littéraire et poète.

notamment, s'y dispute avec Boileau [1] ou Ménage [2] en 1665 ; Boileau y raille l'abbé Cotin [3]... Cependant, l'Académie tente également de choisir une voie pour la littérature du temps. Les anciens s'y opposeront d'ailleurs aux modernes de 1687 à 1694.

L'Académie des inscriptions et belles-lettres est fondée en 1663. Parallèlement, le mythe du Roi-Soleil commence à apparaître. Louis XIV veut rayonner sur le monde par ses conquêtes militaires mais aussi par ses artistes. Un véritable art officiel naît alors : rompant avec le baroque [4], parce que les goûts du roi s'y opposent, les artistes s'engagent dans la voie de ce que l'on appellera le classicisme [5] : la symétrie, la régularité, l'équilibre, le respect des usages précisés par les philosophes grecs, Aristote notamment. Racine s'en inspire pour composer ses tragédies, s'appuyant en particulier sur les principes des unités.

- L'organisation du mécénat

Le mécénat privé existe toujours : des écrivains, souvent issus de la bourgeoisie la moins aisée, cherchent à assurer leur vie quotidienne en offrant leurs œuvres – et, donc, leurs louanges le plus souvent – à des protecteurs fortunés, généralement nobles. La Bruyère (1645-1696) fut notamment protégé par les Condé, Molière (1622-1673) par le duc d'Épernon (en 1646) puis par le prince de Conti (en 1650) et, enfin, par Monsieur, frère du roi, à partir de 1659. Très rapidement, le mécénat d'État s'impose. C'est Colbert qui, dès 1662, l'organise. Il fait dresser une *Liste des gens de lettres vivants* par Jean Chapelain qui contribua également à fixer les règles classiques. Ce recensement servit ensuite à rétribuer les écrivains. En 1663, les premières gratifications furent distribuées aux

1. *Nicolas Boileau* (1636-1711) : auteur des *Satires* et, surtout, de *L'Art poétique*. \ **2.** *Gilles Ménage* (1613-1692) écrivit notamment *Les Origines de la langue française* en 1650. Il est raillé par Molière sous les traits de Vadius dans *Les Femmes savantes*.\ **3.** *Charles Cotin* (1604-1682) : entré à l'Académie en 1655, auteur d'*Œuvres mêlées* en 1659, ridiculisé par Molière sous les traits de Trissotin dans *Les Femmes savantes*. \ **4.** *Baroque* : mouvement culturel et littéraire du XVIIe siècle, répandu dans toute l'Europe, mais qui perd de son influence au profit du classicisme en France durant la deuxième moitié du siècle. Ce courant est principalement caractérisé par le goût de l'abondance, du mouvement, la liberté des formes, la richesse et l'exubérance des ornements.\ **5.** Le mot *classicisme* désignera cet aspect de l'art seulement à partir de 1825, environ. Seul le mot *classiques* est utilisé au XVIIe siècle pour désigner les « auteurs qu'on enseigne dans les classes » (*Dictionnaire* de Richelet, 1660) ou ceux qui ont vécu « au temps de la république [romaine] et sur la fin d'Auguste » (*Dictionnaire* de Furetière, 1690).

auteurs qui se mirent au service du roi : Chapelain reçut trois mille livres, Corneille deux mille, Molière mille et Racine six cents... Cette quasi-obligation de flatter les puissants apparaît du reste dans la dédicace d'*Andromaque* où il est rappelé que « la règle souveraine est de plaire à votre altesse royale »...

Andromaque *et les nouvelles normes*

Racine, issu de la bourgeoisie, illustre parfaitement les conséquences de cette politique culturelle. Dans *Andromaque*, le style dans lequel s'expriment les personnages est directement lié aux idées répandues par l'Académie. Le souverain adopte ainsi un langage soutenu. Ce guerrier sanguinaire s'avère capable de maîtrise et de nuance : Pyrrhus refuse de poursuivre sa « colère », il rappelle que ses « inimitiés » sont arrêtées (I, 2, 219) notamment.

Les images sont rares et s'appuient souvent sur la tradition et les grands thèmes poétiques : le regard et les soupirs servent à évoquer l'amour (« Animé d'un regard, je puis tout entreprendre », affirme Pyrrhus, I, 4, 329). Le langage est « naturel », les phrases souvent adaptées au vers[1], leurs membres composant fréquemment un vers ou six syllabes. L'essentiel est dit en un ou deux hémistiches, les rythmes sont limpides et évoquent souvent la simplicité de la prose[2]. Le style, débarrassé des excès du baroque, trouve une régularité et un équilibre qui s'inscrivent pleinement dans les vœux des classiques. Toutefois, certains critiques ne se priveront pas de noter quelques erreurs et de reprendre le style de Racine. Très vite, cependant, la pièce sera considérée comme représentative du goût contemporain. En 1685, Baillet écrit : « C'est maintenant, de toutes ses pièces, celle que la Cour et le public revoient le plus volontiers ; de sorte que les connaisseurs semblent lui donner le prix sur toutes les autres[3]. »

---

1. La scène 4 du premier acte est, à ce titre, particulièrement représentative.\ **2.** Les exemples sont nombreux. Voici quelques phrases remarquables par leur simplicité. Andromaque : « Seigneur : c'est un exil que mes pleurs vous demandent » (v. 338), « Si vous livrez le fils, livrez-leur donc la mère » (v. 902) ; Oreste : « Vos yeux n'ont pas assez éprouvé ma constance ? » (v. 557), « Ta haine a pris plaisir à former ma misère » (v. 1617) ; Pyrrhus : « Pourquoi me forcez-vous vous-même à vous trahir ? » (v. 955) ; Hermione : « Va, je la désavoue, et tu me fais horreur » (v. 1536). \ **3.** *Le Jugement des savants*.

LE CONTEXTE CULTUREL ET IDÉOLOGIQUE : CLASSICISME ET JANSÉNISME

LE CLASSICISME

Alors que l'Europe du XVIIe siècle est exclusivement baroque, la France se distingue par la définition de principes qui déterminent ce que l'on appelle le classicisme. Le classicisme est, en effet, le nom donné au courant littéraire et culturel qui occupe la période du règne de Louis XIV. S'éloignant des goûts et de l'originalité baroques, il est fondé sur des valeurs très précises telles que l'ordre, la mesure, le respect des règles édictées par les anciens. Il s'ordonne autour de notions fortes comme la sobriété, la mesure, les proportions harmonieuses. En peinture, en architecture, dans les jardins « à la française » même, le classicisme se signale par une recherche de l'harmonie. Les techniques employées doivent disparaître derrière les effets produits. Le modèle humain est celui de l'« honnête homme », chrétien fervent, sujet loyal, mari attentif, père aimant et juste… Il faut, en tout, paraître naturel.

Quelques principes classiques en littérature

• La référence aux anciens

Le classicisme s'appuie sur des règles fondées par les anciens, les Grecs et Aristote notamment. Il repose sur la mesure, le respect des convenances, la clarté, la distinction nette en genres, par exemple. L'utilisation de la mythologie, de l'Histoire, des auteurs antiques, la volonté de privilégier la tragédie, propre à assurer la *catharsis*[1], s'inscrivent pleinement dans cette optique. En cela aussi, Racine est un classique.

• Une langue codifiée

La volonté d'épurer la langue et de fixer des règles stylistiques se développe au milieu du siècle. L'influence de l'abbaye de Port-Royal est alors importante. Si, en 1661, les religieuses furent expulsées et déportées, si l'abbaye fut détruite sur ordre de Louis XIV entre 1711 et 1713, les

1. Voir « L'œuvre dans un genre », p. 141 et 152.

œuvres publiées par Antoine Arnault[1] et Pierre Nicole[2] eurent un véritable succès. La *Grammaire générale et raisonnée de Port-Royal*, parue en 1660 sous la plume d'Arnault et Lancelot[3], donne des fondements logiques à la langue, appliquant la doctrine cartésienne à l'analyse du langage, considéré comme indissociable de la logique.

• Des personnages et des situations adaptés au goût du temps

Les goûts des lecteurs et des spectateurs suivent les événements et la situation politique : aux préoccupations guerrières succèdent les soucis liés à la paix et aux partages des territoires ou des biens gagnés ; les passions sont à l'honneur et, si les pastorales[4] perdent de leur importance, la présentation de l'amour, de la jalousie, de l'envie et des désirs meurtriers s'intègrent dans une peinture vraisemblable des relations humaines. Les sujets demeurent graves, souvent issus de la mythologie, comme c'est le cas d'*Andromaque*, mais les personnages se rapprochent des contemporains de Racine.

Racine est classique dans la mesure où il ne se soucie pas de peindre ses héros dans leur contexte, mais de les rapprocher des normes du goût de son époque et des valeurs auxquelles celle-ci adhère : il va de soi pour les contemporains que les personnages présentés sur la scène doivent se conformer au goût d'une époque, celle du règne de Louis XIV, qui définit des normes de comportement universelles. À certains instants (I, 2, 173-220, par exemple), Pyrrhus peut paraître généreux au sens du XVIIe siècle. Quant aux passions féminines (le souci qu'a Andromaque d'assurer la survie de son fils, la fureur jalouse d'Hermione), elles semblent vraisemblables, réalistes (IV, 5, 1356-1386), dans la mesure où elles ne choquent pas le goût du temps. Le mythe demeure un support mais il est exploité selon les préoccupations de l'époque et selon la définition qu'elle admet de la vraisemblance.

1. *Antoine Arnault* (1612-1694) : figure majeure du jansénisme. \ 2. *Pierre Nicole* (1625-1695) enseigna aux Petites Écoles de Port-Royal. \ 3. *Lancelot* (1615-1695) : religieux janséniste de Port-Royal. \ 4. *Pastorales* : pièces dont les personnages sont des bergers.

Andromaque et l'esthétique classique

Il est possible de distinguer, dans l'œuvre de Racine, quelques grands motifs ou éléments fondateurs qui permettent de préciser le rapport de son théâtre au classicisme.

• Dualité et symétrie

Le monde de Racine obéit aux grands principes géométriques qui gouvernent également l'architecture classique. Comme dans un jardin à la française, la symétrie est essentielle dans son théâtre : les personnages se reflètent, se complètent, renvoient les uns aux autres. Chaque personnage s'oppose directement, trait par trait, à un autre qui, totalement antinomique, constitue un obstacle majeur.

Dans *Andromaque*, les contraires s'affrontent : à la folie jalouse d'Hermione s'oppose la fidélité sereine d'Andromaque, à la concupiscence maladive d'Oreste répond la passion généreuse de Pyrrhus. Ainsi la tragédie multiplie les effets de doubles, de duos et de miroirs. Les personnages sont souvent identiques : la détermination d'une Andromaque est aussi forte que celle d'Hermione ; l'aveuglement de Pyrrhus, qui oublie toute prudence en regardant sa bien-aimée est égal à celui d'Oreste qui ne voit pas qu'Hermione ne pourra lui pardonner l'assassinat qu'elle lui ordonne pourtant d'accomplir... En outre, les scènes essentielles à l'action sont généralement constituées de duos, de duels à proprement parler, dans lesquels ces contrastes s'expriment. À cela s'ajoute la confrontation de volontés fortes, farouchement attachées à la recherche de la satisfaction de leurs désirs et dont le heurt crée également des conflits entre deux personnages qui s'affrontent sans merci. Ainsi Racine utilise parfaitement les richesses du thème des frères ennemis cher aux anciens.

• L'amour, force fatale

La tragédie s'appuie souvent sur une passion dévorante et destructrice. Racine a été, dès le XVIIe siècle, considéré comme le poète de l'amour, qu'il présente comme un sentiment dangereux, violent et dévastateur. Il ravage les cœurs et conduit généralement à la mort ceux qui le poussent jusqu'à la passion exclusive. Il détruit tout autant celui qui l'éprouve que celui qui en est l'objet, même s'il a involontairement provoqué cette flamme. Hermione est consumée par une ardeur qui la conduit à exiger l'assassinat de celui qu'elle adore puis à se donner la mort pour se punir d'avoir formulé cette exigence. Oreste, enfin, pousse à l'autodestruction celle qu'il vénère en lui obéissant aveuglément pour tenter d'obtenir sa main.

Quand il est tendre, fidèle, partagé et heureux, l'amour ne fonde pas les tragédies. Celui qui unissait Andromaque et Hector était de cette sorte mais il n'est plus présenté, dès l'exposition, que comme une réminiscence. La fidélité d'Andromaque résulte du travail de la mémoire : ne parvenant à oublier cette passion conjugale simple, forte et sereine, elle en fait l'idéal à poursuivre et trace sa ligne de conduite à partir de l'image, peut-être embellie, de cette passion partagée. À l'opposé, les flammes qui dévorent Oreste, Hermione et Pyrrhus n'ont rien de cette douceur… Ces passions sont fatales, et le plus souvent impossibles parce qu'elles sont illégitimes et contraires aux règles morales ou sociales.

Les classiques privilégient la norme, l'équilibre, la raison ; et c'est pour cela qu'ils aiment présenter ces passions démesurées, anormales, folles. Pour provoquer la *catharsis*[1], il faut en effet peindre ces sentiments pour mieux les détruire, pour mieux en éloigner le spectateur. La tragédie racinienne, comme la tragédie antique, est peuplée de monstres : Pyrrhus ne peut aimer Andromaque, cet attachement est en effet condamné par sa communauté sociale d'abord (un roi grec ne peut aimer la veuve d'un prince troyen ; un ancien allié de la coalition conduite par Ménélas et Agamemnon ne peut protéger un ennemi), par la morale ensuite (Pyrrhus, l'assassin de tant de Troyens, ne peut épouser une Troyenne ; Pyrrhus, le fils d'Achille, ne peut vouloir sauver celui d'Hector)…

L'image de la passion amoureuse comme une force qui met en mouvement tous les êtres et les éloigne de leur devoir est fréquente aussi bien dans *Andromaque* que dans tout le théâtre racinien. Face à la passion, toutes les valeurs (devoir, honneur, respect des engagements, loyauté politique) sont emportées. Oreste manque lui aussi à tous ses devoirs d'ambassadeur : il privilégie son intérêt personnel et, en assassinant Pyrrhus, il trahit sa mission puisqu'il donne à Andromaque l'occasion de retrouver un royaume, de sauver son fils et d'offrir aux Troyens survivants une raison d'espérer à nouveau.

C'est parce qu'il donne cette force destructrice à la passion que le théâtre racinien est profondément classique : les errements des monstres qui

1. Voir « L'œuvre dans un genre », p. 141 et 152.

s'affrontent sur la scène doivent maintenir les spectateurs dans les limites de la mesure et de la maîtrise de soi.

- L'impitoyable logique du pouvoir

Les classiques sont particulièrement sensibles aux relations qu'entretiennent puissance politique et sentiment amoureux. Lorsqu'un personnage possède le pouvoir, il est soumis à des obligations qui le poussent à sacrifier son bonheur individuel aux intérêts de la collectivité. Or, dans le théâtre de Racine, les princes et les rois sont jeunes, torturés par une passion amoureuse qui s'oppose généralement à leur fonction politique. S'ils commettent la faute d'utiliser leur puissance politique afin d'exaucer leurs désirs, ils en sont toujours finalement victimes.

Pyrrhus est victime de sa filiation royale : fils d'Achille, il hérite tout autant du royaume que du butin et des engagements de son père, et ne peut se soustraire aux relations qui se tissent entre les Grecs et l'Épire. Il est un allié des Grecs dont le cœur penche pour une Troyenne, son ancienne ennemie : il aime Andromaque, dont l'époux a été tué par Achille... Une triple fatalité se met en place dans la tragédie : celle de la condition humaine, celle de l'amour et celle du pouvoir. La violence devient alors absolue : les personnages sont entraînés par leur destin, par la volonté des dieux, par la force et la cruauté de la relation amoureuse, par l'insensibilité ou la barbarie politique... Certains rois du théâtre racinien, comme Titus (dans *Bérénice*), acceptent de sacrifier leur amour et de devenir des modèles de renoncement, mais Pyrrhus est conduit à la mort par son incapacité à concilier rôle politique et désirs personnels.

La mise en évidence des erreurs qu'il commet, la peinture des forces qui pèsent sur lui, l'aveuglent et l'entraînent vers la mort, permettent à Racine de faire de Pyrrhus un repoussoir, un véritable contre-modèle de comportement, aussi bien sur le plan politique que sur le plan moral. Si le théâtre racinien accorde une telle place aux monstres, c'est parce qu'il est le produit d'une société dans laquelle le souci de la mesure et de l'équilibre a atteint son plus haut point.

La fascination pour la démesure ne se comprend que sur fond de culte de la mesure. Le théâtre racinien a une valeur d'exemplarité morale, puisqu'il est soucieux de dénoncer des comportements dont il diffuse auprès de son public une version stylisée, qui se moule dans le rythme de l'alexandrin et respecte les contraintes des bienséances. Il pense que les actions des reines et des rois de la mythologie fournissent des explications plausibles des mystères d'une âme humaine universelle. C'est parce qu'il fait de la peinture du pouvoir politique et de ses abus un moyen de promouvoir une morale de la mesure dans une œuvre d'art soucieuse de son utilité sociale que le théâtre racinien en général, et *Andromaque* en particulier, s'inscrit profondément dans l'esthétique classique.

LE JANSÉNISME

Rappels historiques

La dévotion et les idées qu'elle véhicule demeurent une référence fondamentale du temps. À la suite de la Contre-Réforme, le renouveau chrétien favorise l'affirmation de principes forts. Sermons et exercices de piété rappellent ainsi que l'épouse doit une fidélité sans failles à son époux. Il n'est qu'à relire quelques lignes de l'*Introduction à la vie dévote* (1609) de saint François de Sales, qui parle ainsi de l'amour mutuel né du sacrement du mariage :

> Le premier effet de cet amour, c'est l'union indissoluble de vos cœurs. Si on colle deux pièces de sapin ensemble, pourvu que la colle soit fine, l'union en sera si forte qu'on fendrait beaucoup plus tôt les pièces ès[1] autres endroits, qu'en l'endroit de leur conjonction ; mais Dieu conjoint le mari à la femme en son propre sang : c'est pourquoi cette union est si forte, que plutôt l'âme se doit séparer du corps de l'un et de l'autre, que non pas le mari de la femme. [...] Le second effet de cet amour doit être la fidélité inviolable de l'un à l'autre[2].

Comment ne pas voir dans le comportement d'Andromaque l'écho de ce type de conseil[3] ? Plus généralement, les moralistes insistent sur le fait que le respect des engagements est un fondement essentiel de la société et de la morale. Or Pyrrhus, Hermione et Oreste les oublient, ils sont ensuite les victimes de cet oubli. Même si le Dieu des chrétiens n'est pas le maître

---

1. *Ès* : dans les. \ 2. IIIe partie, chap. XXXVIII, « Avis pour les gens mariés ». \ 3. « D'aimer le mari tandis qu'il est en vie, c'est chose assez triviale entre les femmes ; mais l'aimer tant, qu'après la mort d'icelui on n'en veuille point d'autre, c'est un rang d'amour qui n'appartient qu'aux vraies veuves. » (François de Sales, *Introduction à la vie dévote*, IIIe partie, chap. XL, « Avis pour les veuves ».)

du spectacle tragique racinien, on trouve dans la pièce nombre d'échos de conceptions religieuses largement diffusées à l'époque de Racine.

Cependant, en marge de la Contre-Réforme, un courant religieux minoritaire, le jansénisme, joue un rôle essentiel dans les méditations des contemporains de Racine. Adoptant ce nom parce qu'ils voient dans l'*Augustinus*, traité théologique écrit par Jansen [1] (dit Jansenius en 1640) l'expression de leurs convictions, les jansénistes refusent l'idée que l'homme pourrait mériter sa grâce. Ils pensent que seule la toute-puissance divine peut assurer le salut. Dès lors, la seule vie envisageable pour l'homme est celle qui consiste à se retirer d'un monde radicalement mauvais, dans l'attente d'une grâce divine dont rien ne peut garantir cependant la venue. Considéré comme une hérésie [2], attaqué par les Jésuites [3] qui lui reprochent de favoriser le libertinage intellectuel moral tout autant que la débauche, le jansénisme est condamné par la Sorbonne en 1656.

Motifs jansénistes dans l'œuvre de Racine

Célèbre grâce à Blaise Pascal [4], qui mit son talent au service de ses idées dès 1656 dans *Les Provinciales*, le jansénisme influença de nombreuses personnes dont Racine, qui fut particulièrement sensible au thème de la prédestination des passions humaines qu'il découvrit aux Petites Écoles de Port-Royal en lisant les tragiques grecs. La vision du monde janséniste, cette conception de la condition humaine radicalement pessimiste l'ont profondément marqué.

• L'homme, un être tragiquement seul

Son théâtre en est l'écho : l'homme, dans les tragédies de Racine, est voué au malheur. Son âme est nécessairement tentée par le mal et ne peut rien faire sans la grâce… C'est ainsi que les héros raciniens n'implorent jamais l'aide divine pour trouver une issue à leurs difficultés. S'ils

---

1. *Cornélius Jansen* (1535-1638) reprend les théories de saint Augustin (354-430). \ **2.** *Hérésie* : désigne une doctrine qui est considérée par l'église catholique comme contraire aux dogmes ou les corrompant. \ **3.** Les *Jésuites* sont les membres de la Compagnie de Jésus, ordre fondé par Ignace de Loyola en 1534. Organisés militairement, ils se consacrent à l'apostolat et, par voie de conséquence, à l'enseignement. \ **4.** *Pascal* (1623-1662) : savant, philosophe et écrivain. Spécialiste de l'hydrostatique, mathématicien, il écrivit notamment les *Pensées*, fragments prévus pour composer une *Apologie de la religion chrétienne*, demeurée inachevée.

invoquent les dieux, c'est pour leur demander de les aider dans leur vengeance. Sinon, ils les ignorent superbement et, dans la démesure de leur orgueil, vont eux-mêmes à leur perte.

L'homme est conçu comme une créature par essence tragique. La tragédie repose en effet sur un postulat simple : le « héros » est initialement condamné. Avant même le début de l'intrigue, avant l'ouverture du rideau, les protagonistes ont déjà scellé leur destin. Le spectateur assiste à leurs tentatives désespérées pour maîtriser leur destinée ou obtenir la réalisation de leurs désirs, tout en sachant qu'ils échoueront. Les héros sont isolés, aussi bien dans leur combat que dans leur univers social. Ils affrontent sans espoir de l'emporter des forces supérieures, et souffrent de ne pouvoir accéder à un bonheur souvent placé sous le signe de l'interdit (Phèdre a des pulsions quasi incestueuses, Pyrrhus désire une ennemie…).

Le moment tragique est donc fortement lié aux conceptions jansénistes dont Racine est imprégné : c'est celui où l'être humain prend conscience de la radicale imperfection du monde, refuse l'existence qu'il doit mener et décide de quitter le monde ou de se soustraire à ses règles. Il s'engage alors dans un combat inévitable mais perdu d'avance.

• Le héros, un humain en quête d'absolu

Aucun compromis, aucune demi-mesure avec le monde ne peuvent être acceptés par des héros en quête d'absolu, qui veulent soit vivre en obtenant l'objet de leur désir (Andromaque pour Pyrrhus, Pyrrhus pour Hermione, Hermione pour Oreste) soit mourir… Leur erreur – leur faute – réside dans la démesure de leurs aspirations ; ils sont coupables, non parce qu'ils aiment, mais parce qu'ils veulent soumettre autrui à leurs vœux, parce qu'ils souhaitent dominer, posséder un être humain et remplacer ainsi Dieu qui demeure lointain ou absent…

Le crime des héros s'explique donc par leur volonté de grandeur : ils illustrent ainsi les paradoxes pascaliens définissant l'homme comme un composé de grandeur et de bassesse. Les défis qu'ils tentent de relever sont démesurés : personne ne peut faire oublier à une veuve un mari mort et déchiqueté sous ses yeux, il est impossible de détourner un amoureux de l'objet de sa flamme (Pyrrhus, même s'il le tente, ne peut y parvenir) ou de retrouver l'amour d'une passionnée déçue (Oreste s'aveugle en espérant à nouveau se faire aimer d'Hermione)… Dans les pièces de Racine, comme dans la conception janséniste, Dieu demeure, selon le mot de Lucien

Goldmann, « caché[1] », il n'intervient pas, il laisse les humains se débattre et aller vers leur perte, jusqu'au bout de leur vaine quête d'absolu et de grandeur, vouée à l'échec dans ce monde imparfait.

LE CONTEXTE BIOGRAPHIQUE

LES DÉBUTS

Né à la Ferté-Milon sans doute à la mi-décembre 1639[2], Racine y passe son enfance. Devenu orphelin – sa mère est décédée en 1641, son père en 1643 – le jeune garçon est recueilli par ses grands-parents qui le font admettre, par charité, aux Petites Écoles de Port-Royal. Formé par les intellectuels de l'abbaye – souvent appelés les Solitaires ou les Messieurs –, il apprend le grec et le latin. Il peut ainsi lire, dans leur texte original, les principales œuvres des tragiques grecs.

Envoyé au collège de Beauvais, il est ensuite l'élève d'Antoine Lemaistre aux Granges de Port-Royal avant d'aller au collège d'Harcourt. Hébergé par son cousin, Nicolas Vitart, à Paris, il fréquente des écrivains qui l'encouragent à écrire. À partir de 1659, il rédige des poèmes, commence à produire des tragédies. Désireux d'obtenir un bénéfice ecclésiastique, il se rend à Uzès en 1661. Ne l'obtenant pas, il revient à Paris en 1663.

LA MATURITÉ

Pour gagner sa vie, Racine se lance dans la carrière d'écrivain. Dès 1664, il fait représenter sa première tragédie, *La Thébaïde*, et, grâce aux acteurs de la troupe de Molière qui l'interprètent, obtient un réel succès. Colbert lui fait, en outre, attribuer une pension qu'il conservera jusqu'à sa mort.

Les combats

Dans la vie de Racine, le théâtre est indissociablement lié au combat et aux conflits avec d'autres écrivains. Écrire, pour lui, c'est lutter, non

1. Lucien Goldmann analyse en effet la présence de Dieu dans les pièces de Racine : si les sujets sont mythologiques ou liés à l'Antiquité, c'est la foi chrétienne qui inspire le dramaturge. (*Le Dieu caché*, Gallimard, 1959.) \ 2. On ne connaît avec certitude que la date de son baptême : le 22 décembre 1639.

seulement pour s'affirmer mais également pour répondre aux critiques. La plus célèbre de ces rivalités est celle qui l'oppose à Corneille, auteur plus âgé que lui et au faîte de sa gloire lorsqu'il fait représenter ses premières œuvres. Pourtant c'est Racine qui détrône Corneille et enthousiasme le public dès 1667 avec *Andromaque*. Jouée devant la Cour, elle connaît un triomphe immédiat et met fin à quelques années d'échecs ou de succès relatifs[1]. Les partisans inconditionnels de Corneille refusent de voir la pièce, ils préfèrent le « viril » auteur au « tendre » Racine et le duel entre les deux écrivains doit être tranché par le public.

Racine entreprend alors d'écrire des œuvres qui lui permettront de lutter contre ses deux « ennemis » : Molière, avec qui il s'est définitivement brouillé en 1665 à la suite des représentations d'*Alexandre*, et Corneille dont il est toujours le rival. Il rédige une comédie, *Les Plaideurs* (1668) qui, aux dires de Molière, est un pastiche de *La Folle Querelle*, pièce de Subligny (qui était, elle-même, une parodie d'*Andromaque*). Selon les affirmations de Corneille, la pièce ne serait en outre qu'une parodie du *Cid*... Si Racine triomphe de Corneille dès *Andromaque*, la guerre entre les deux auteurs se poursuit : *Britannicus* (en 1669) révèle les capacités de Racine à lutter sur le terrain préféré de son concurrent. Il entreprend, en effet, de travailler sur l'histoire romaine et sur des thèmes politiques particulièrement chers à son prédécesseur. Le mois de novembre 1670 marque la victoire définitive de Racine : alors que Louis XIV et le public sont enthousiasmés par la *Bérénice* de Racine, la pièce de Corneille, *Tite et Bérénice*, tombe au bout de vingt représentations...

Les triomphes

Durant dix années, les pièces se succèdent et les honneurs suivent les réussites et les gratifications. *Andromaque*, en 1667, obtient un succès considérable. La pièce, jouée devant le roi le 17 novembre 1667, apporte à Racine la faveur royale et celle de la Cour. Racine charme ses spectateurs en leur présentant les thèmes qu'ils affectionnent : la peinture des passions, les conséquences néfastes que leur satisfaction peut causer...

1. *La Thébaïde*, en 1664, avait obtenu un honnête succès. *Alexandre* fut plus applaudi en 1665. Seule *Andromaque* apporta triomphe et renommée à Racine.

La pièce fut ensuite jouée à de nombreuses reprises : on dénombre cent seize représentations entre 1680 et 1700.

Après un détour par la comédie (*Les Plaideurs* sont joués en 1668), Racine poursuit son œuvre tragique : *Britannicus* paraît en 1669, *Bérénice* en 1670, *Bajazet* en 1672. *Mithridate*, en 1673, charme le public et le roi. *Iphigénie*, en 1674, connaît le triomphe et sera la tragédie racinienne la plus représentée au XVIIe siècle. En 1677, l'échec de *Phèdre*, qui fut victime de la cabale opposant les partisans de Racine à ceux de Pradon[1] – dont la pièce, *Phèdre et Hippolyte*, provoqua un éphémère engouement –, l'éloigne du théâtre. Devenu historiographe du roi avec Boileau en 1677, Racine se consacre à cette tâche et s'éloigne du théâtre. Il se marie et vit en se vouant à l'éducation de ses enfants. Il est cependant si admiré qu'une édition de ses œuvres complètes paraît dès 1687.

LA FIN

Ce n'est qu'à la demande de Mme de Maintenon, qui a épousé Louis XIV et veut parfaire l'éducation des jeunes filles de Saint-Cyr en leur donnant à voir des pièces édifiantes, que Racine reprend la plume. En 1689, il écrit *Esther*, qui obtient un immense succès, puis *Athalie* en 1691. L'interdiction de représenter *Athalie*, obtenue par les dévots qui refusent que l'on joue du théâtre au sein d'une église[2], pousse Racine à renoncer définitivement au théâtre. Désireux de se réconcilier avec les maîtres de Port-Royal, il termine sa carrière en rédigeant les *Cantiques spirituels* en 1694. Il rédige également un *Abrégé de l'Histoire de Port-Royal* qui ne sera publié qu'en 1767... Ces textes lui valent d'ailleurs une disgrâce relative, qui le suit jusqu'à sa mort, le 21 avril 1699. Il fut, selon ses vœux, enterré à Port-Royal.

LA RÉCEPTION DE LA PIÈCE

Le destin de la pièce est intéressant à retracer : elle connut un succès considérable auprès des spectateurs, mais les critiques ne lui furent guère favo-

---

1. *Jacques Pradon* (1644-1698) : soutenu par Corneille au début de sa carrière, il connut un succès éphémère. \ **2.** Il ne faut pas, à l'intérieur même d'une école religieuse, représenter des pièces de théâtre, art profane et mensonger.

rables. Et c'est, aujourd'hui, la tragédie de Racine la plus représentée en France…

AU XVIIe SIÈCLE

Les réticences initiales

Saint-Évremont[1] attribue son succès à la qualité de l'interprétation : « la pièce est déchirée par la mort de Montfleury, car elle a besoin de grands comédiens qui remplissent par l'action ce qui lui manque ». S'il admet que c'est une œuvre de qualité, puisqu'il reconnaît que « c'est une belle pièce, et qui est fort au-dessus du médiocre, quoique un peu au-dessous du grand », il ajoute cependant que « ceux qui n'entreront pas assez avant dans les choses l'admireront ; ceux qui veulent des beautés pleines y chercheront je ne sais quoi qui les empêchera d'être tout à fait contents ». Il ajoute : « Je crois qu'on peut aller plus loin dans les passions et qu'il y a encore quelque chose de plus profond dans les sentiments que ce qui s'y trouve ; ce qui doit être tendre n'y est que doux, et ce qui doit exciter de la pitié ne donne que de la tendresse[2]. »

Certains grands la dénigrent : le Prince de Condé trouve Pyrrhus trop violent, le duc Charles de Créqui et le comte d'Olonne se plaignent d'un manque de vraisemblance. Pour eux, le fils d'Achille est trop amoureux, Andromaque trop fidèle à un défunt, Oreste trop mauvais ambassadeur. Blessé, Racine leur répondra dans deux épigrammes[3] dans lesquels il joue sur le goût de ses contemporains pour les portraits et le persiflage. Créqui était célèbre pour préférer les hommes et d'Olonne pour être délaissé par son épouse : Racine n'hésite pas à se servir de ces traits connus. De plus, Créqui avait été ambassadeur extraordinaire à Rome et avait dû, outragé, quitter la ville. L'attaque de Racine, concentrée sur des éléments de sa vie dont il n'était pas fier, était forte et efficace…

1. *Charles de Marguetel de Saint-Denis de Saint-Évremont* (1615-1703). La citation apparaît dans une lettre à M. de Lionne, lettre datée de 1668 (*Correspondance*, *Sur les poèmes des Anciens*, 1685). \ **2.** *Ibid.* \ **3.** En voici les textes : « La vraisemblance est choquée en ta pièce/Si l'on en croit et d'Olonne et Créqui :/Créqui dit que Pyrrhus aime trop sa maîtresse ;/D'Olonne qu'Andromaque aime trop son mari. » « Créqui prétend qu'Oreste est un pauvre homme/Qui soutient mal le rang d'ambassadeur ;/Et Créqui de ce rang connaît bien la splendeur :/Si quelqu'un l'entend mieux, je l'irai dire à Rome. »

Dès 1668, Subligny écrivit une parodie critique de la tragédie de Racine, intitulée *La Folle Querelle ou la Critique d'Andromaque*. La pièce fut créée au théâtre du Palais-Royal le 18 mai 1668. Elle met en scène deux personnages. L'une, vicomtesse, est une fervente admiratrice de la pièce ; l'autre, Éraste, défend la tragédie de manière très maladroite. La vicomtesse réduit Andromaque à l'état de « pauvre veuve », Éraste voit en Pyrrhus et Hermione un curieux duo : quand l'une se confie à sa suivante, l'autre fait des confidences à Phoenix. Il rappelle qu'Astyanax est précipité des remparts mais que c'est « dans la comédie que sa mère le sauve »... Si la pièce fut jouée trente fois, elle n'eut pas le succès d'*Andromaque*. Louis Racine[1] affirme d'ailleurs dans ses Mémoires sur son père que cette œuvre « ne fut pas inutile à l'auteur critiqué qui corrigea, dans la seconde édition d'*Andromaque*, quelques négligences de style ».

Une reconnaissance progressive

Barbier d'Aucour rédigea une critique hostile en 1675, substantivant le nom du poète et critiquant ses personnages, insistant sur les déchirements d'Andromaque ainsi que sur la naïveté stupide de Pyrrhus[2]. Cependant, même les admirateurs de Corneille, comme Mme de Sévigné, reconnurent progressivement le talent du jeune dramaturge. Elle admit avoir pleuré « plus de six larmes » à la représentation de la pièce.

Boileau (1636-1711), enfin, résuma l'histoire de l'accueil mouvementé des pièces de l'auteur d'*Andromaque* et célébra l'originalité de Racine dès 1677 dans ses *Épîtres*[3] mais le texte ne fut publié qu'en 1693 :

> Sitôt que d'Apollon un génie inspiré
> Trouve loin du vulgaire un chemin ignoré,
> En cent lieux contre lui les cabales s'amassent,
> Ses rivaux obscurcis autour de lui croassent,
> Et son trop de lumière importunant les yeux,
> De ses propres amis lui fait des envieux.

---

1. *Louis Racine* (1692-1763) : écrivain, dernier fils de Jean Racine. \ **2.** Il écrit ainsi : « La racine s'ouvrant une nouvelle voie/Alla signaler ses vertus/Sur les débris pompeux de la fameuse Troie, / Et fit un grand sot de Pyrrhus,/D'Andromaque une pauvre bête/Qui ne sait où porter son cœur, / Ni même où donner de la tête. » *(Apollon, vendeur de Mithridate.)* \ **3.** La septième notamment.

S'adressant au dramaturge, Boileau lui prodigue également des recommandations avisées[1]. Il distingue même, dans les obstacles rencontrés, une incitation à se dépasser. Il constate aussi une évolution nette dans la carrière de Corneille et Racine, découvrant dans leur production littéraire, d'œuvre en œuvre, une réponse des auteurs critiqués à leurs détracteurs, insistant sur l'effet dynamique des critiques qui, loin de les affaiblir, poussent, en revanche, les dramaturges à se dépasser et à aller vers le génie[2].

Après un accueil parfois difficile, *Andromaque* est donc considérée comme un chef-d'œuvre dès le XVIIe siècle, à tel point que Mme de Maintenon la fit même apprendre aux jeunes filles de Saint-Cyr.

AUX XVIIIe ET XIXe SIÈCLES

Le XVIIIe siècle se livra à une critique plus raisonnée de la pièce, et c'est surtout l'écriture poétique de Racine qui séduisit spectateurs et critiques. Voltaire reconnaît par exemple en *Andromaque* « la première tragédie du théâtre français[3] ».

Le XIXe siècle valorise le personnage de femme, d'épouse fidèle et éplorée, de mère attentive et effrayée que propose l'héroïne éponyme. Chateaubriand reconnaît, chez la veuve d'Hector, toutes les marques de la religion chrétienne. S'il préfère le personnage racinien à ses modèles antiques, c'est parce qu'elle incarne la mère tendre, celle qui, malgré ses douleurs, veut embrasser son fils et demeure autant fidèle à son époux qu'à l'image du père d'Astyanax. Oubliant tout égoïsme, tout orgueil, elle reste digne, supporte sa condition ; et l'auteur du *Génie du christianisme* est particulièrement sensible en 1802 à ces caractéristiques. Baudelaire, dans « Le cygne[4] », évoque « l'immense majesté de [ses] douleurs de veuve », et sa situation de captive « vil bétail, sous la main du superbe Pyrrhus ».

---

1. « Toi donc, qui t'élevant sur la scène tragique,/Suis les pas de Sophocle, et seul de tant d'esprits,/De Corneille vieilli sais consoler Paris,/Cesse de t'étonner si l'Envie animée,/Attachant à ton nom sa rouille envenimée,/La calomnie en main, quelquefois te poursuit./En cela, comme en tout, le Ciel qui nous conduit,/Racine, fait briller sa profonde sagesse./Le mérite en repos s'endort dans la paresse :/Mais par les envieux le génie excité/Au comble de son art est mille fois monté. » \ **2.** « Plus on veut l'affaiblir, plus il [le génie] croît et s'élance./Au Cid persécuté Cinna doit sa naissance,/Doit les plus nobles traits dont tu peignis Burrhus. » \ **3.** *Remarque sur le troisième discours du poème dramatique de Corneille*, 1764 \ **4.** *Les Fleurs du Mal*, « Tableaux parisiens », 1857.

Certains critiques notent également que cette mère utilise ses armes féminines, sa beauté plus particulièrement, pour sauver son enfant : cette « coquetterie » paraît alors vertueuse et elle touche le public du temps.

AU XXe SIÈCLE

Au début du XXe siècle, les lecteurs de la pièce s'attachent à la psychologie des personnages. Hermione est rachetée dans les analyses critiques parce qu'elle souffre : sa violence et sa démence amoureuse semblent moins dangereuses aux yeux de Jules Lemaître[1]. La « psychologie de l'amour » intéresse les lecteurs et les spectateurs.

De Paul Bénichou[2] à Roland Barthes[3], les analyses portent sur la peinture d'une passion violente et meurtrière et se nourrissent des études freudiennes. Le tragique est revisité : la tragédie provient de la solitude des héros selon Thierry Maulnier[4], de leur passion unique (Andromaque n'aime finalement qu'Hector et, dans Astyanax, c'est le fils, l'héritier de son mari qu'elle protège). L'amour naît de la haine mais la provoque aussi ; c'est parce qu'elle aime son époux qu'Andromaque pousse Pyrrhus à l'adorer, Hermione à la haïr, c'est parce qu'elle exècre Achille et son fils qu'elle suscite l'intérêt chez Pyrrhus, c'est parce qu'Hermione la hait qu'elle la pousse à désirer et ordonner la mort de celui pour qui elle brûle…

Lucien Goldmann[5] s'attache à distinguer l'influence d'un « dieu caché », c'est-à-dire la force des convictions chrétiennes et jansénistes dans l'œuvre. Et pour Jean Rohou[6], c'est la ruine de l'ordre héroïque, la naissance d'une réflexion sur l'augustinisme et l'absolutisme qui éclatent dans la pièce.

Au fil des décennies, la pièce est devenue une référence, aussi bien dans l'enseignement secondaire, où elle est largement étudiée, que dans l'enseignement supérieur, dans la mesure où sa richesse permet de lui appliquer de multiples grilles d'analyse.

---

1. Jules Lemaître (1853-1914), *Jean Racine*, 1908. \ **2.** *Morales du grand siècle*, Gallimard, 1948. \ **3.** *Sur Racine*, Éd. du Seuil, 1963. \ **4.** *Racine*, Gallimard, 1935. \ **5.** *Le Dieu caché*, Gallimard, 1959. \ **6.** *L'Évolution du tragique racinien*, Sedes, 1991.

GROUPEMENT DE TEXTES : AMOUR ET POLITIQUE DANS L'ŒUVRE DE CORNEILLE ET DE RACINE

Lisez les textes 1 à 5, présentés non dans l'ordre chronologique mais selon un principe thématique, et répondez aux questions suivantes.

1. Quelles sont, dans ces textes, les relations entre l'amour et la politique ? L'un des deux thèmes vous paraît-il influencer l'autre ?

2. Corneille et Racine peignent-ils ces relations de manière identique ? Justifiez vos réponses.

3. Le XVIIe siècle et la postérité ont jugé Racine supérieur à Corneille. En comparant les textes ci-dessous, vous préciserez pour quelles raisons l'auteur d'*Andromaque* peut paraître supérieur lorsqu'il s'agit de représenter les relations entre l'amour et les obligations politiques (vous étudierez notamment la psychologie des personnages, leur langage, leur stratégie argumentative).

4. Comparez les personnages de Grimoald (dans *Pertharite*) et de Pyrrhus (dans *Andromaque*) : comment utilisent-ils leur gloire militaire pour tenter d'obtenir la main de celle qu'ils aiment ? Quelle différence pouvez-vous établir entre leurs stratégies argumentatives ? Comparez l'effet produit par le monologue (texte 5) et par le début de dialogue (texte 4).

TEXTE 1 • Corneille, *Rodogune* (1644), acte III, scène 4, vers 897-926

Rodogune, tragédie écrite en 1644, oppose la reine de Syrie, Cléopâtre (qui a tué par jalousie son propre mari, Nicator) à Rodogune, princesse parthe. La reine, devenue régente, veut donner le pouvoir à celui de ses fils qui tuera la jeune fille. Horrifiés, ceux-ci préviennent la princesse qui, à son tour, va leur demander d'assassiner leur mère. Dans l'acte II, les deux princes offrent leur amour et la couronne à Rodogune. Antiochus parle également au nom de son frère.

ANTIOCHUS

Ne vous offensez pas, Princesse, de nous voir
De vos yeux à vous-même expliquer le pouvoir.
Ce n'est pas d'aujourd'hui que nos cœurs en soupirent :
À vos premiers regards tous deux ils se rendirent,
Mais un profond respect nous fit taire et brûler,

Et ce même respect nous force de parler.
L'heureux moment approche où votre destinée
Semble être aucunement à la nôtre enchaînée,
Puisque d'un droit d'aînesse incertain parmi nous
La nôtre attend un spectre et la vôtre un époux.
C'est trop d'indignité que notre souveraine
De l'un de ses captifs tienne le nom de reine.
Notre amour s'en offense, et changeant cette loi,
Remet à notre reine à nous choisir un roi.
Ne vous abaissez plus à suivre la couronne,
Donnez-la, sans souffrir qu'avec elle on vous donne.
Réglez notre destin, qu'ont mal réglé les Dieux :
Notre seul droit d'aînesse est de plaire à vos yeux ;
L'ardeur qu'allume en nous une flamme si pure
Préfère votre choix au choix de la nature,
Et vient sacrifier à votre élection
Toute notre espérance et notre ambition.
Prononcez donc, Madame, et faites un monarque :
Nous céderons sans honte à cette illustre marque,
Et celui qui perdra votre divin objet
Demeurera du moins votre premier sujet.
Son amour immortel saura toujours lui dire
Que ce rang près de vous vaut ailleurs un empire ;
Il y mettra sa gloire, et dans un tel malheur,
L'heur de vous obéir flattera sa douleur.

TEXTE 2 • Corneille, *Pertharite* (1651), acte II, scène 5, vers 705-714

Dans *Pertharite*, Corneille reprend l'histoire du roi des Lombards dont le père, Aribert, a partagé son royaume en deux parties. Pertharite doit régner sur Milan et son frère Godebert sur Pavie. Les deux frères, rivaux, cherchent des alliés puissants mais Godebert est tué par Grimoald, duc de Bénévent. Celui-ci s'empare de Pavie et marche sur Milan. Cunibert, le fils de Pertharite, et sa mère, Rodélinde, sont faits prisonniers. Le roi, après avoir fait confiance à Grimoald, s'échappe avant de revenir et de retrouver sa place, grâce à Unulphe, neuf années plus tard. Nous sommes à l'acte II ; Grimoald tente d'obtenir l'amour de Rosélinde, sa captive.

GRIMOALD

Ah ! forcez-vous, de grâce, à des termes plus doux[1]
Pour des crimes qui seuls m'ont fait digne de vous :
Par eux seuls ma valeur en tête d'une armée
À des plus grands héros atteint la renommée.
Par eux seuls j'ai vaincu, par eux seuls j'ai régné,
Par eux seuls ma justice a tant de cœurs gagné,
Par eux seuls j'ai paru digne du diadème,
Par eux seuls je vous vois, par eux seuls je vous aime,
Et par eux seuls enfin mon amour tout parfait
Ose faire pour vous ce qu'on n'a jamais fait.

TEXTE 3 • *Andromaque*, acte IV, scène 5

Vous ne m'attendiez pas [...] que vous m'en direz moins.

VERS 1275-1308, PAGES 82-83

TEXTE 4 • Racine, *Britannicus* (1669), acte II, scène 3, vers 573-602

Dans *Britannicus*, Néron, le fils d'Agrippine, est amoureux de Junie. Sa mère – qui a assassiné l'empereur Claude, écarté du trône son héritier, Britannicus, fils d'un premier mariage, puis fait reconnaître Néron comme empereur – est finalement déçue de voir que ce dernier veut l'écarter du pouvoir. Elle favorise alors la passion qui unit Junie à Britannicus. Dans l'acte II, Néron annonce à Junie qu'il compte l'épouser.

NÉRON

Je vous nommerais, Madame, un autre nom,
Si j'en savais quelque autre au-dessus de Néron.
Oui, pour vous faire un choix où vous puissiez souscrire,
J'ai parcouru des yeux la cour, Rome et l'Empire.
Plus j'ai cherché, Madame, et plus je cherche encor
En quelles mains je dois confier ce trésor,
Plus je vois que César, digne seul de vous plaire,
En doit être lui seul l'heureux dépositaire,

1. Rosélinde vient de dire à Grimoald qu'elle doit l'estimer pour ses exploits guerriers, mais également le haïr en songeant à la défaite et à la mort de son époux, Pertharite, dont il est la cause.

Et ne peut dignement vous confier qu'aux mains
À qui Rome a commis l'empire des humains.
Vous-même consultez vos premières années.
Claudius à son fils les avait destinées[1] ;
Mais c'était un temps où de l'Empire entier
Il croyait quelque jour le nommer l'héritier,
Les Dieux ont prononcé. Loin de leur contredire,
C'est à vous de passer du côté de l'Empire.
En vain de ce présent, ils m'auraient honoré,
Si votre cœur devait en être séparé ;
Si tant de soins ne sont adoucis par vos charmes ;
Si tandis que je donne aux veilles, aux alarmes
Des jours toujours à plaindre et toujours enviés,
Je ne vais quelquefois respirer à vos pieds.
Qu'Octavie à vos yeux ne fasse point d'ombrage :
Rome, aussi bien que moi, vous donne son suffrage,
Répudie Octavie, et me fait dénouer
Un hymen que le ciel ne veut point avouer[2].
Songez-y donc, Madame, et pesez en vous-même
Ce choix digne des soins d'un prince qui vous aime,
Digne de vos beaux yeux trop longtemps captivés[3],
Digne de l'univers à qui vous vous devez.

TEXTE 5 • Racine, *Bérénice* (1670), acte IV, scène 4, vers 987-1023

Dans *Bérénice*, Racine s'inspire d'un épisode de la vie de l'empereur Titus. Celui-ci, amoureux de Bérénice, reine de Judée, ne peut espérer l'épouser, les lois romaines interdisant son mariage avec une souveraine étrangère. Assailli par le doute, il s'interroge : doit-il se soumettre aux lois romaines ou céder à son amour ?

TITUS, *seul.*

Hé bien ! Titus, que viens-tu faire ?
Bérénice t'attend. Où viens-tu, téméraire ?
Tes adieux sont-ils prêts ? T'es-tu bien consulté ?

1. L'héritier désigné initialement par Claude était Britannicus, à qui Junie était promise. \ 2. Octavie est l'épouse de Néron mais ils n'ont pas eu d'enfant. \ 3. *Captivés* : retenus prisonniers.

Ton cœur te promet-il assez de cruauté ?
Car enfin au combat qui pour toi se prépare
C'est peu d'être constant, il faut être barbare.
Soutiendrai-je ces yeux dont la douce langueur
Sait si bien découvrir les chemins de mon cœur ?
Quand je verrai ces yeux armés de tous leurs charmes,
Attachés sur les miens, m'accabler de leurs larmes,
Me souviendrai-je alors de mon triste devoir ?
Pourrai-je dire enfin : *Je ne veux plus vous voir ?*
Je viens percer un cœur que j'adore, qui m'aime.
Et pourquoi le percer ? Qui l'ordonne ? Moi-même.
Car enfin Rome a-t-elle expliqué ses souhaits ?
L'entendons-nous crier autour de ce palais ?
Vois-je l'État penchant au bord du précipice ?
Ne le puis-je sauver que par ce sacrifice ?
Tout se tait : et moi seul, trop prompt à me troubler,
J'avance des malheurs que je puis reculer.
Et qui sait si, sensible aux vertus de la Reine,
Rome ne voudra point l'avouer[1] pour Romaine ?
Rome peut par son choix justifier le mien.
Non, non, encore un coup, ne précipitons rien.
Que Rome avec ses lois mette dans la balance
Tant de pleurs, tant d'amour, tant de persévérance :
Rome sera pour nous. Titus, ouvre les yeux !
Quel air respires-tu ? N'es-tu pas dans ces lieux
Où la haine des rois, avec le lait sucée,
Par crainte ou par amour ne peut être effacée ?
Rome jugea ta Reine en condamnant ses rois.
N'as-tu pas en naissant entendu cette voix ?
Et n'as-tu pas encore ouï la Renommée
T'annoncer ton devoir jusque dans ton armée ?
Et lorsque Bérénice arriva sur tes pas,
Ce que Rome en jugeait, ne l'entendis-tu pas ?
Faut-il donc tant de fois te le faire redire ?

1. *L'avouer :* la reconnaître, l'accepter.

L'ŒUVRE DANS UN GENRE

L'ÉVOLUTION DU GENRE TRAGIQUE, DE L'ANTIQUITÉ AU XVIIe SIÈCLE

LA TRAGÉDIE GRECQUE : ÉLÉMENTS DE DÉFINITION

La tragédie est sans doute l'un des genres littéraires les plus anciens en Occident. Née en Grèce au VIe siècle avant Jésus-Christ, elle raconte, dès les origines, les difficultés que rencontre l'homme dans ses relations avec le sacré et l'univers. Originellement associée aux célébrations religieuses de Dionysos [1], elle était présentée à Athènes sous la forme d'un poème, récité par un chœur [2] entouré de comédiens déguisés en satyres [3], qui symbolisaient, à l'instar de Dionysos, la part de bestialité demeurant dans tout être humain. Elle tire son nom de deux termes grecs : *tragos*, « bouc », et *odè*, « chant ». Élaborée pour accompagner le sacrifice du bouc, elle a pour but, selon Aristote [4], de purifier le spectateur, c'est-à-dire de le libérer de ses pulsions et de ses mauvais penchants. *Catharsis* est le terme grec employé encore aujourd'hui pour caractériser ces effets de la tragédie sur le public. Le mot signifie « purgation », « purification ».

La tragédie est porteuse d'un enseignement moral, ses personnages sont des héros qui permettent aux spectateurs de se confronter aux grands problèmes humains. À partir du Ve siècle, sa structure est strictement organisée : au prologue succèdent des épisodes (entre trois et cinq) ; la durée de l'action, resserrée et simple, s'étale sur une « révolution de soleil », c'est-à-dire vingt-quatre heures. Le personnage principal, ou protagoniste, est confronté à la fatalité. Le destin, divinité puissante qui commande même aux dieux, l'écrase. Véritable jouet dans les mains de la Moira

1. *Dionysos :* dieu de la Vigne, du Vin, de l'Ivresse, représentant les pulsions humaines. \ 2. Le chef, le *coryphée*, récitait des strophes auxquelles répondait le *chœur*. \ 3. *Satyres :* créatures mi-hommes mi-boucs. \ 4. *Aristote :* philosophe grec (env. 384-env. 322 av. J.-C.), auteur notamment de la *Poétique*, œuvre dans laquelle il s'intéresse aux genres littéraires ; également fondateur du Lycée, école ouverte à Athènes et où il enseigna durant douze ans.

(déesses incarnant la fatalité), l'être humain est confronté à l'« ironie tragique » : victime de ses propres passions, de sa démesure, il contribue en effet lui-même à sa perte.

Andromaque s'inscrit pleinement dans le genre tragique. Sa dimension morale est clairement affirmée : les innocents sont finalement sauvés, le roi qui se livrait au chantage et oubliait ses devoirs est victime de ses désirs personnels et est ainsi broyé par le destin. L'action est concentrée sur une journée décisive, et le spectateur assiste à une double purgation *(catharsis)* : celle de la société débarrassée de ses mauvais membres d'une part, puisque seuls les personnages sincères, honnêtes et sans reproches, seront épargnés ; celle de ses mauvais penchants d'autre part, puisque le destin de Pyrrhus et d'Oreste doit décourager quiconque de partager leurs égarements.

LES PRINCIPAUX AUTEURS ANTIQUES

Les principaux écrivains tragiques sont grecs – les plus célèbres sont Eschyle, Sophocle et Euripide – et latins (Sénèque est le plus important). Tous ont laissé des œuvres dont Racine et les auteurs français en général se sont fréquemment inspirés.

Eschyle, Sophocle et Euripide

Eschyle (525-456 av. J.-C.) est considéré comme le fondateur du théâtre tragique. C'est lui qui distingua la tragédie du chant choral en y introduisant notamment la mise en scène et le costume. Il s'intéresse particulièrement aux grands personnages mythologiques : Prométhée *(Prométhée enchaîné)*, Oreste (la trilogie de l'*Orestie*), notamment.

Sophocle (496-406 av. J.-C.) s'attache à montrer le rôle de la psychologie dans l'enchaînement tragique. Il multiplie les péripéties et développe les parties parlées au détriment des récitations du chœur. Il s'attache, en reprenant les mythes d'Œdipe, d'Électre, d'Antigone, à mettre en valeur les tentatives humaines pour acquérir une certaine autonomie face au destin.

On doit à Euripide (480-406 av. J.-C.) un renouvellement du genre tragique. Il s'efforce de décrire minutieusement les passions humaines, ne célèbre que rarement la grandeur des dieux et n'hésite pas à introduire des thèmes et des sujets contemporains dans ses pièces. Il traite également des mythes comme ceux de la guerre de Troie, d'Iphigénie, d'Oreste, d'Électre. C'est encore Euripide qui traite du sort d'Andromaque et fournit à Racine une partie de son inspiration.

Les trois auteurs ont contribué à une réelle évolution du genre : proposant au spectateur un récit dialogué qui le touche de plus en plus directement, concentrant peu à peu l'intrigue sur les sentiments éprouvés, ils ouvrent la tragédie sur la psychologie et la réflexion sur les passions humaines. Racine s'inspire de ses illustres prédécesseurs : son Andromaque s'ins-pire directement de celle d'Euripide. Et Oreste, comme chez Eschyle et Euripide, est un personnage important, sur lequel s'achève la pièce. Enfin, la psychologie, chère à Sophocle et Euripide, est abondamment développée puisque les déchirements d'Andromaque constituent l'un des éléments fondamentaux de l'intrigue.

Sénèque

À Rome, c'est Sénèque (4 av. J.-C.-65 apr. J.-C.) qui représente le genre tragique et perpétue l'héritage des trois grands auteurs grecs. Il présente des personnages emportés par des passions irrépressibles mais qui n'en parviennent pas moins à analyser leur situation. Ajoutant des « tableaux » aux scènes, il se penche sur les crimes et les meurtres (s'attachant plus particulièrement aux sorts de Médée ou de Phèdre), et il s'intéresse à la violence sous toutes ses formes *(Agamemnon, Hercule furieux)*. Philosophe, il se passionne pour la morale et ses pièces veulent souvent conduire le spectateur à des réflexions sur les pulsions meurtrières qui tourmentent l'humanité.

L'ÉVOLUTION DE LA TRAGÉDIE AU XVIIe SIÈCLE

Le renouveau du genre

Les règnes de Louis XIII et de Louis XIV sont des périodes privilégiées pour le développement de la tragédie[1]. Au XVIIe siècle, en effet, le théâtre

1. Durant la Renaissance, en France, les écrivains érudits – les auteurs de la Pléiade, notamment – se remirent à écrire des tragédies (genre qui, durant le Moyen Âge, avait perdu de son attrait) ; les traductions de la *Poétique* d'Aristote, celles des grandes œuvres tragiques grecques ont relancé l'intérêt pour un genre oublié. Les lettrés qui la remirent en usage et à la mode s'inspirèrent des tragiques antiques, dont ils voulaient « imiter » la grandeur. Ils conservèrent l'unité de temps ; ils multiplièrent les réflexions morales et les longs monologues.

fait dorénavant partie intégrante des loisirs de la société et la tragédie semble être le « genre noble » idéal que recherche l'époque. En effet, pour ces deux rois soucieux d'affermir leur pouvoir, le genre tragique est une occasion de mettre en scène de grands sujets politiques et d'orchestrer une célébration du régime monarchique. Richelieu, mécène avisé, réunit des écrivains [1] qui composent des pièces sur des sujets qu'il choisit. Le conflit qui oppose l'individu et la raison d'État, les passions qui s'emparent de tout être mais peuvent nuire aux gouvernants deviennent des thèmes intéressants.

Jean Mairet (1604-1686) composa en 1631 une tragédie, *Silvanire*, dont la préface mit en place les règles qui peu à peu s'imposèrent aux écrivains : la pièce doit respecter les unités de lieu, de temps et d'action. Elle doit aussi correspondre aux usages définis par la bienséance et les convenances. La première pièce véritablement régulière fut *Sophonisbe*, qu'il rédigea en 1634. Cependant, il abandonna très vite ce genre pour se consacrer à la tragi-comédie et traiter des sujets inspirés des romans ou des légendes comme dans *Roland Furieux* (1638). D'autres écrivains flattent le roi et ses ministres dans leurs œuvres, et ces pièces s'inscrivent peu à peu dans le cadre établi par les règles qui se mettent en place.

Le rôle de Corneille

• Une figure marquante

Grâce aux conseils formulés par les doctes [2] – dont Chapelain et d'Aubignac [3] –, la tragédie s'épure. Elle se débarrasse du chœur, resserre sa distribution autour d'un nombre réduit de personnages (six, en général). Pierre Corneille (1606-1684) illustre cette nouvelle conception du théâtre tragique. Respectant les règles, bien qu'il souffre de devoir se plier à ces contraintes, il éclipse rapidement ses contemporains, Rotrou, Scudéry et Mairet.

Corneille, avocat de formation, publie sa première tragédie, *Médée*, en 1635, rompant ainsi avec la comédie à laquelle il s'est adonné de 1629 à

---

1. Il fonda du reste l'Académie française en 1634, qui se réunit chez Valentin Conrart (1603-1675). \ **2.** *Doctes* : érudits, écrivains qui établissent les règles, vérifient leur application dans les écrits. \ **3.** Des théoriciens étrangers, lus en France, inspirèrent également les travaux des auteurs français : Heinsius (1611), Vossius (1647) conseillèrent d'adopter les règles d'Aristote mais en conservant une certaine liberté.

1634[1]. Pensionné par Richelieu, intégré dans le groupe des cinq auteurs travaillant sous la protection du cardinal, il mène une brillante carrière littéraire à partir du triomphe du *Cid* (1637). Cette pièce est à l'origine d'une querelle avec l'Académie, qui lui reproche notamment de ne pas se plier aux contraintes de la règle des trois unités. Elle marque aussi le début d'une « ère » cornélienne. Les pièces qui suivent, d'*Horace* (1640) à *Rodogune* (1643) et *Nicomède* (1651), sont des succès incontestés. Seul l'échec de *Pertharite* (1651) éloigne momentanément Corneille du théâtre, auquel il revient après sept années de retrait. Toutefois la concurrence du jeune Racine[2] et le manque d'attrait du public pour ses nouvelles œuvres le conduisent à renoncer définitivement au théâtre après les représentations de *Suréna*, en 1674.

• Un univers particulier

S'adressant prioritairement à un public aristocratique, l'intrigue des tragédies de Corneille est construite essentiellement autour d'un dilemme. Ses héros, en effet, doivent toujours effectuer un choix entre deux options inconciliables. Ils optent sans cesse pour la cause qui est la plus noble, mais aussi la plus lourde à porter, la plus difficile à défendre... Les rebondissements sont nombreux, souvent imprévus, la psychologie des personnages est nuancée et précise ; certains comme Cinna ou Félix, par exemple, sont d'une médiocrité morale très vraisemblable.

Corneille privilégie cependant la peinture de la générosité et valorise des héros actifs, dynamiques, qui pratiquent tout autant la grandeur d'âme que la bonté de cœur et tentent de maîtriser leurs propres aspirations, d'être « maîtres » d'eux comme de l'« univers[3] ». Soucieux d'assurer leur gloire ou leur salut, ils sont capables, ensuite, d'accéder à l'amour, de pratiquer la clémence ou de se sacrifier à une cause qu'ils trouvent juste et supérieure.

Les nobles, surtout, apprécient ce théâtre cornélien. Alors que l'absolutisme royal s'est établi et renforcé, alors que les aristocrates se sont mis

---

1. *Mélite* (1629) et, de 1631 à 1634 : *La Veuve, La Galerie du Palais, La Suivante* et *La Place royale* sont les comédies qui ouvrent sa carrière. Il y reviendra plus tard avec notamment *L'Illusion comique* en 1636 et *Le Menteur* en 1643. \ **2.** Ils entrent directement en compétition et c'est Corneille qui sort vaincu du duel : son œuvre, *Tite et Bérénice*, plaira moins au public en 1670 que la *Bérénice* de son jeune concurrent. Voir « L'œuvre dans l'histoire », p. 128-129. \ **3.** Corneille, *Cinna*, acte V, scène 3, v. 1696.

au service de la monarchie, les tragédies cornéliennes offrent à ce groupe social désenchanté un miroir de ses aspirations. Les personnages de Corneille sont non seulement nobles de naissance mais également de cœur, ils sont courageux, stoïques face à l'adversité, font preuve d'une grande moralité et d'une vertu inégalée. Les contemporains apprécient également l'aisance poétique d'un style souvent imagé.

LA TRAGÉDIE : UN GENRE THÉÂTRAL ET POÉTIQUE

Tout texte de théâtre est d'abord écrit pour être représenté. Le spectacle, la mise en scène sont l'aboutissement et l'accomplissement de la pièce. Texte théâtral, la tragédie est caractérisée par la double énonciation et elle privilégie diverses formes de l'échange verbal.

La tragédie est aussi considérée comme un poème, c'est-à-dire comme un texte dont les beautés formelles permettent d'envisager son étude en tant que tel. Aristote notait déjà que « la poésie exprime surtout le général ». Les théoriciens du XVIIe siècle valorisaient cette caractéristique et voulaient que l'auteur ajoute au génie (c'est-à-dire à l'inspiration) l'art (en d'autres termes : la technique dramaturgique et la virtuosité verbale).

LE FONCTIONNEMENT DU TEXTE THÉÂTRAL : LA DOUBLE ÉNONCIATION

Élément fondamental du théâtre, la double énonciation est essentielle dans les tragédies également. Les personnages s'adressent les uns aux autres sur scène mais, derrière leurs discours, le public entend également celui de l'auteur. L'effet est donc différent lorsqu'on considère ces deux niveaux. Les personnages, pris dans une action, ne peuvent saisir toutes les nuances que distingue le spectateur qui, au fait de l'ensemble de l'intrigue, assiste à la totalité des entretiens et voit l'histoire se dérouler sous ses yeux. Il « entend » ainsi mieux le message de l'auteur.

Ainsi, lorsque Hermione demande à Oreste de tuer Pyrrhus, ce dernier croit vraiment ce qu'elle lui promet (« soyez sûr de mon cœur », IV, 3, 1231) et pense qu'il pourra ensuite retrouver l'amour de la jeune fille.

Mais le spectateur, qui connaît l'intensité de sa passion, sait que cet espoir est vain, que la jeune fille ne pardonnera jamais ce meurtre ni à l'ambassadeur grec ni à elle-même. L'auteur nous en avertit lorsqu'il nous la montre seule, se lamentant sur son acte (V, 1). Racine nous a donné tous les indices permettant de comprendre que ce meurtre précipitera le dénouement : Hermione ne pourra jamais se résoudre à perdre Pyrrhus, et elle ne pourra en aucun cas aimer l'assassin de celui que, malgré tout, elle adore… Elle-même le crie à la face d'Oreste :

> Ah ! fallait-il en croire une amante insensée ?
> Ne devais-tu pas lire au fond de ma pensée ?
> Et ne voyais-tu pas dans mes emportements
> Que mon cœur démentait ma bouche à tous moments ?
>
> (V, 4, 1545-1548)

Le spectateur a ainsi la confirmation que l'engrenage tragique est bien en place ; l'auteur lui montre clairement qu'Oreste est condamné, qu'Hermione ne pourra survivre à une telle situation.

LES FORMES DE L'ÉCHANGE THÉÂTRAL : STICHOMYTHIE, POLYLOGUE, DIALOGUE ET MONOLOGUE

Au théâtre, toute parole est importante, porteuse de sens et essentielle à l'intrigue. Chacun parle selon son rang, sa place, son rôle dans l'intrigue, son époque, son pays d'origine… Pour comprendre le personnage d'Andromaque, il ne faut jamais oublier qu'elle est parfaitement consciente de sa situation d'infériorité. Elle est captive, prise au piège par un chantage affectif dont son fils est l'enjeu, veuve d'un roi tué et ancienne reine d'une ville détruite, vaincue. Peu à peu, toutefois, elle acquiert une certaine supériorité : le fait que Pyrrhus, son vainqueur, son geôlier, maître des jours d'Astyanax et fils de l'assassin de son époux, l'aime modifie sa situation. Leur dialogue évolue donc en fonction de ces éléments et du retournement progressif de la situation.

Aucun dialogue n'est neutre ni insignifiant au théâtre : il traduit à la fois ce que ressent l'émetteur (c'est la fonction émotive du langage qui est ici mobilisée), il exprime ses conceptions, sa vision du monde (fonction référentielle). L'émetteur tente aussi d'agir sur l'interlocuteur, de modifier sa situation et celle de son destinataire (la fonction conative est essentielle au théâtre), il vérifie sans cesse que ses propos sont compris (c'est la fonction phatique). Enfin, la fonction poétique est également mobilisée. Le style s'adapte aux effets recherchés. Le dialogue théâtral prend ainsi plusieurs formes.

La stichomythie

Elle met en place un dialogue de vers à vers ou repose sur un enchaînement encore plus rapide. Le procédé s'adapte donc parfaitement aux moments où les émotions sont intenses, où le conflit entre deux personnages atteint son paroxysme.

Lorsque Pyrrhus interroge Phoenix, lorsqu'il se heurte à la volonté inflexible d'Andromaque, par exemple, le procédé met en valeur la violence des sentiments éprouvés (III, 6, 892-900 notamment). Il arrive que des sentences y apparaissent. L'idée générale ainsi exprimée, valable universellement, s'applique tout autant à la situation d'énonciation précise qu'à toute circonstance analogue, elle unit les deux niveaux d'énonciation. « Le lâche craint la mort » (v. 1476) est tout autant destiné à caractériser Oreste que tout être pusillanime.

Le polylogue

Ce dialogue à plusieurs voix permet à tous les protagonistes de s'exprimer, de retrouver le lyrisme choral des tragédies antiques et, souvent, de mettre en valeur le moment crucial de la pièce.

Dans la scène 6 de l'acte III, les quatre personnages s'expriment et nouent davantage l'intrigue : Phoenix tente d'entraîner Pyrrhus à la recherche d'Hermione, éloignant le prince d'Andromaque, que Céphise pousse à interroger le fils d'Achille...

Le dialogue

Les tragédies reposent le plus souvent sur de véritables dialogues, sur des duos qui opposent deux intérêts (Andromaque contre Pyrrhus), lient momentanément deux désirs contraires contre un ennemi commun (Hermione et Oreste). Les dialogues avec les confidents sont également révélateurs : le personnage secondaire offre une possibilité de parole à son maître, il lui permet de formuler ce qu'il éprouve, donne au spectateur l'occasion de connaître la psychologie du personnage et d'en découvrir les rouages profonds.

Le monologue

Le monologue est un artifice qui a pour fonction de mieux faire connaître un personnage. Se croyant seul sur scène (et le plus souvent il l'est vraiment), ce personnage apparaît à un moment paroxystique. Le héros, plongé dans une confusion totale, pris dans un tourbillon émotionnel, se cherche, tente de mieux comprendre sa situation, d'en démêler les enjeux et de parvenir à une décision acceptable.

Souvent équivoque et complexe, le monologue, volontiers lyrique, a fréquemment les aspects d'un dialogue du personnage avec soi-même. Ainsi Hermione s'interroge sur ce qu'elle a fait (V, 1), Oreste se pose des questions sur ce qu'il découvre (V, 4). Mais le personnage qui monologue met parfois en place un dialogue fictif avec autrui : Oreste, par exemple, s'adresse à Hermione qui vient de s'éloigner (II, 3). Souvent construit comme un long développement oratoire, le monologue précise des états d'âme, explicite des faits ou des actes que le spectateur n'a pas eus sous les yeux et multiplie les apostrophes, les questions, les exclamations. Il constitue, pour le personnage, un moment d'analyse, une tentative de clarification de ses mobiles, de ses actions et de sa personnalité.

LES PRINCIPAUX TRAITS DE L'ÉCRITURE TRAGIQUE

L'importance du vers

La tragédie est souvent construite comme un poème, et les rimes des vers constituent des éléments stylistiques remarquables. Si ces rimes sont généralement suivies, facilitant la mémorisation (pour l'acteur comme pour le public), elles sont souvent riches et frappantes. Elles sont parfois organisées en strophes, distiques ou quatrains qui, appuyant le sens du discours, séduisent le public. Lorsqu'Oreste, par exemple, fait le récit de la fin de Pyrrhus (V, 3), les quatrains sont nettement sensibles[1]. La colère d'Hermione, qui suit immédiatement, est fondée sur une succession de distiques[2].

1. Voir notamment les vers 1501-1504, 1505-1508, 1509-1512. \ 2. Voir, plus particulièrement, les vers 1547-1548, 1549-1550, 1551-1552.

Le vers est à donc la fois un moyen mnémotechnique – l'acteur parvenant à se souvenir plus aisément d'un texte lorsqu'une rime en appelle une autre – et un ornement esthétique essentiel, dont l'emploi n'est pas gratuit. Son rythme suit celui des mouvements psychologiques : l'être oppressé adopte un rythme saccadé, le fou parle avec précipitation, rompant l'unité sonore et la régularité de l'alexandrin. Chaque personnage peut ainsi exprimer la riche palette de ses sentiments et mieux les faire deviner au public. Hermione, apprenant la mort de Pyrrhus, est suffoquée par les sentiments qui l'assaillent, le vers est haché, saccadé : « Pourquoi l'assassiner ? Qu'a-t-il fait ? À quel titre ? » (V, 3, 1542). Oreste, dans sa folie, commet à nouveau son crime et frappe son ennemi : « Tiens, tiens, voilà le coup que je t'ai réservé » (V, 5, 1632), il se sent cerné par les Érinyes et retrouve, face à ces êtres venus pour le déchirer, une certaine forme de calme que traduit le rythme des vers, dont le rythme identique (2/4/2/4) souligne le retour d'une certaine régularité : « Eh bien,/filles d'enfer, vos mains sont-elles prêtes ?/Pour qui sont ces serpents qui sifflent sur vos têtes ? » (v. 1637-1638).

Une rhétorique élaborée

La tragédie obéit à des règles stylistiques propres et se construit autour d'un langage particulier. Si chaque personnage s'exprime dans un idiolecte[1] spécifique, l'ensemble du discours racinien est marqué par quelques caractéristiques précises. Le lexique tragique racinien a souvent été présenté comme réduit et sobre. Les protagonistes emploient des termes proches, souvent identiques (les mots « aimer », « amour », « haïr », « haine », notamment, sont fréquemment utilisés). Racine privilégie également le vocabulaire de la vue, de la passion, de la lumière et de l'obscurité, du feu et des flambeaux (en leur attribuant un rôle symbolique fort). Certains champs lexicaux sont récurrents dans les tragédies : ceux du destin, de la divinité, de l'aveuglement, de l'amour, de la haine (les deux étant généralement associés et souvent dans le même vers), de la jalousie, de la vengeance, de l'impuissance, de la souffrance et de la mort notamment[2]. La galanterie permet

1. *Idiolecte* : langage propre à un personnage qui, tout en utilisant les codes et les usages de son temps et de la société dans laquelle il vit, adopte des procédés personnels significatifs et remarquables. \ **2.** Voici quelques références utiles, mais une lecture attentive du texte de Racine permet de relever de nombreuses autres occurrences. Destin : v. 98 ; amour : 294, 341, 1200 ; haine : 110, 231, 269 ; amour et haine souvent associés : 368, 1124, 1192, 1396, 1439 ; impuissance : 1297, 1300 ; vengeance : 1220, 1256, 1261, 1388, 1460 ; mort : 1110, 1172, 1180, 1245, 1268, 1458, 1480.

souvent de maîtriser les violents sentiments qui agitent les personnages, la retenue du discours suggère implicitement une passion plus déchaînée.

Les figures de rhétorique les plus fréquentes dans les tragédies sont directement liées à ces situations extrêmes : oxymores, hyperboles, litotes ou euphémismes, hypotypose, métaphores abondent dans les tragédies de l'époque. Les alexandrins, vers « nobles », sont généralement réguliers et, dans l'œuvre de Racine, les deux parties du vers sont fréquemment présentées dans une antithèse forte. Les rimes servent à amplifier le message tragique, le lyrisme permet de mieux peindre la psychologie des personnages et d'exciter « terreur et pitié [1] » dans l'esprit du spectateur. Les récits et les tirades enrichissent la dimension épique du texte et donnent plus de force au tragique. Enfin, parmi les nombreux procédés rhétoriques étroitement liés à la tragédie, signalons aussi les parallélismes, les chiasmes, les rythmes binaires ou ternaires, les gradations, les anaphores, les énumérations et les hyperboles [2].

Les nombreuses spécificités de ce style permettent de parler de la tragédie comme d'un genre poétique. Cette richesse poétique, toutefois, ne se déploie pas librement, mais dans le cadre de règles précises, auxquelles l'écriture racinienne se soumet constamment.

LA TRAGÉDIE : UN GENRE STRICTEMENT RÉGLÉ AU XVIIe SIÈCLE

Les règles sont conçues comme un cadre permettant à la poésie d'éclore. Si l'artiste doit imiter la nature, il doit surtout en dégager l'essentiel, éliminer les grossièretés, valoriser l'important par un style approprié, par des images recherchées, par un vocabulaire précis et nuancé. Pour « plaire » au public, une tragédie doit, selon les théoriciens du XVIIe siècle, s'inscrire dans un ensemble de règles strictes qui, une fois appliquées

1. Citation de la *Poétique* d'Aristote, qui définit ainsi les effets de la tragédie pour provoquer la *catharsis*, c'est-à-dire la purification des passions des spectateurs. \ **2.** Nous ne donnerons ici que quelques références, illustratives et significatives, des procédés les plus utilisés. Parallélismes : v. 1379, 1465-1466 ; chiasmes : 131, 140 ; rythmes binaires ou ternaires : 100, 101, 1160 ; gradations : 688, 690, 1015 ; anaphores : 1206-1207, 1189-1190, 1465-1466 ; énumérations : 1153-1156 ; hyperboles : 26, 109, 319-321.

et respectées, offrent au spectateur un spectacle qui correspond à ses goûts et à ses attentes. Si la règle des trois unités est la plus célèbre, d'autres principes interviennent.

LES TROIS UNITÉS : LIEU, TEMPS, ACTION

Rappelées par Boileau dans son *Art poétique* en 1674 (« Qu'en un lieu, qu'en un jour, un seul fait accompli/Tienne jusqu'à la fin le théâtre rempli »), elles imposent à la tragédie une architecture stricte. Elles éliminent le foisonnement et l'abondance qui caractérisent les pièces baroques – dont *Le Cid*, écrit en 1637, témoigne encore – et réglementent la « tragédie à la française ».

La pièce doit donc être centrée sur une action unique : le conflit d'un protagoniste avec un obstacle fondamental (volonté divine, passion personnelle, impossibilité politique...). Elle doit se dérouler en un temps court (vingt-quatre heures) et dans un lieu de dimensions restreintes (une pièce, un palais, une ville). Les « doctes », érudits qui théorisent le théâtre, considèrent que ces règles sont nécessaires, qu'elles seules peuvent contribuer à l'« unité de ton » qui permet le plaisir esthétique tout autant que la *catharsis*.

Andromaque se déroule en une journée, celle de l'ambassade d'Oreste, à Buthrot, dans une salle du palais de Pyrrhus, et n'est constituée que d'une action principale : Andromaque et son enfant échapperont-ils, grâce à l'amour et à la protection de Pyrrhus, à la mort qui leur est promise par les Grecs ? Tous les autres fils de l'action sont étroitement noués à cette trame : c'est pour sauver Andromaque et Astyanax, tout autant que par amour, que Pyrrhus veut épouser Andromaque et que celle-ci accepte de se marier. C'est pour leur nuire qu'Hermione exige l'assassinat du parjure, qu'Oreste exécute le roi puis, rejeté par la fille d'Hélène, qu'il devient fou. Et c'est aussi dans l'intérêt de son fils qu'Andromaque devenue reine fait poursuivre les meurtriers de son époux...

LA BIENSÉANCE

La bienséance détermine un certain nombre de critères précis : les héros doivent être de « condition », c'est-à-dire appartenir à des familles nobles, royales de préférence, leur langue doit être à l'unisson de cette condition.

Andromaque, Astyanax sont les survivants de la famille royale de Troie. Pyrrhus est roi, héritier du célèbre héros Achille. Oreste est le fils d'Agamemnon, roi d'Argos et de Mycènes, qui fut le chef suprême des Achéens durant la guerre de Troie. Hermione est la fille d'Hélène, fille de Tyndare et de Léda, femme de Ménélas, frère d'Agamemnon et roi de Sparte. Le langage employé est donc constamment aristocratique, recherché et soutenu.

Ce qui est montré sur scène doit correspondre aux attentes du public. Un personnage doit donc être en adéquation avec la représentation qu'en a le spectateur, dont les cadres moraux sont ceux du catholicisme. Une femme fidèle ne peut oublier rapidement l'époux défunt, un roi ne doit pas faire passer son intérêt personnel avant celui de son royaume ou de ses sujets... Andromaque et Pyrrhus s'inscrivent ainsi pleinement dans le respect de cette obligation interne. Quant au dénouement, il ne doit pas être opposé aux grands principes moraux du temps de la représentation : la mère éplorée, l'enfant innocent doivent être sauvés, le tyran puni, l'égoïste jalouse châtiée, le meurtrier sanctionné. La rigueur de la structure doit être en accord avec celle des principes moraux ambiants.

Le langage au service des bienséances

Les sentiments, même extrêmes, des personnages ne nous sont dévoilés que par leurs discours. Dans la tragédie, les gestes sont moins importants que les paroles. Les héros s'expriment dans des monologues ou face à leurs confidents. Nourrices ou suivantes, précepteurs ou amis, ces confidents sont des embrayeurs (autrement dit, des éléments qui déclenchent une parole, un récit). Ils posent des questions, suscitent des aveux. Ainsi, les débats intérieurs, la psychologie prennent une place prépondérante dans la pièce.

C'est par un dialogue que le spectateur apprend qu'Oreste est toujours épris d'Hermione ; c'est dans des confidences à Céphise qu'Andromaque justifie son attitude. Et Pyrrhus révèle son aveuglement lorsque, d'un vers, il repousse les arguments de son gouverneur : « Andromaque m'attend. Phoenix, garde son fils » (IV, 6, 1392). De même, les récits, longs et précis, sont circonstanciés lorsqu'il s'agit de conter la fin d'un protagoniste par exemple[1].

1. Celui de Théramène, dans *Phèdre*, est resté célèbre. Théramène est le gouverneur d'Hippolyte et c'est lui qui fait à Thésée le récit de la mort du jeune homme (V, 6). Cette narration fut même reprise comme référence parodiée par Labiche dans *Le Voyage de M. Perrichon*, au XIXe siècle (1860).

La narration de la mort de Pyrrhus occupe ainsi trente vers (V, 3, 1495-1524), celle du suicide d'Hermione neuf (V, 5, 1604-1612).

Le spectateur prend ainsi connaissance progressivement des faits, sans jamais être choqué par la représentation concrète de la violence. La violence, voire la brutalité des sentiments ou des situations ne sont que suggérées. Elles sont en partie masquées par le langage, rien ne s'oppose à l'analyse, à la réflexion.

Le refus du spectaculaire

En effet, les récits remplacent toute action au sens de geste fort accompli sur scène. La mort peut certes se produire sur scène (ainsi *Phèdre* meurt devant Thésée et les spectateurs, par exemple, à l'acte V, scène 7 de *Phèdre*). De même, la folie peut se manifester par un langage révélateur d'une perte totale de raison. Mais dans le théâtre racinien en général, et dans *Andromaque* en particulier, le récit des événements remplace le spectacle des événements. Les duels, les combats, les meurtres sont racontés, poétisés et médiatisés par un personnage qui en a été le témoin et qui peut en donner les détails. L'assassinat de Pyrrhus, par exemple, n'est pas mis en scène, il est débarrassé de toute sauvagerie par le langage et, lorsque Oreste le narre, il en donne un récit circonstancié mais qui évite de montrer le meurtre au spectateur.

Si la bienséance justifie pleinement cette absence, elle n'en est pas l'unique motif. Représenter la violence serait pénible, cela romprait l'harmonie et la noblesse de la pièce et s'opposerait à la bienséance. Mais la tragédie doit, comme toute œuvre d'art, instruire, être utile au spectateur. L'épée dégainée en public, symbole phallique, emblème de la brutalité, perturberait la transmission du message moralisateur. Elle pourrait séduire certains spectateurs, fascinés par la cruauté et le sang, leur faisant oublier l'essentiel, la portée morale de la tragédie, ou provoquer un recul de ceux qui ne peuvent supporter les excès et la sauvagerie. Un spectacle trop explicite détournerait l'esprit du public de l'essentiel : la terreur et la pitié doivent s'éprouver en dehors de toute émotivité excessive, loin de toute rudesse et dans un but purificateur.

LA VRAISEMBLANCE

La vraisemblance et les sources antiques

Racine indique toujours ses sources ; il précise notamment qu'*Andromaque* est inspirée de l'*Énéide* de Virgile et d'Euripide. Il s'appuie ainsi sur des autorités qui garantissent son entreprise et l'insèrent dans une filiation reconnue. Il prend toutefois des libertés avec ses sources et n'hésite pas à modifier les histoires reprises : dans *Andromaque*, Astyanax n'est pas mort, un autre enfant lui a été substitué. Et sa mère ne craint pas pour la vie de Molossos, fils qu'elle a eu avec Pyrrhus, dont elle n'est pas non plus la concubine ni l'épouse à l'ouverture de la tragédie...

Ce faisant, Racine privilégie le vraisemblable. Qui, au XVIIe siècle s'intéresserait au sort d'une épouse infidèle à son premier époux, oublieuse du sort de sa patrie, faible au point de solliciter l'appui d'un vieillard ? La sensibilité classique est très différente de celle des Grecs anciens et Racine modèle son œuvre en fonction des sensibilités de ses contemporains.

S'il conserve l'arrière-plan historique et mythologique, il l'adapte aux goûts du temps en modifiant les comportements des personnages ainsi que leur langage. Pyrrhus est certes présenté comme un héros brutal et sanguinaire, tout autant par Andromaque lorsqu'elle évoque la « nuit cruelle » de la chute de Troie que par Hermione quand elle rappelle ses actes durant la guerre (III, 8, 997 et IV, 5, 1333-1340). Pourtant son attitude à l'égard de ses captifs est chevaleresque et généreuse, et son amour passionné le conduit à protéger le fils d'un ennemi et un possible rival, à modérer son langage et à chercher toutes les images possibles pour séduire sa prisonnière... Le roi antique de l'Épire adopte ainsi les usages de la courtoisie et le langage galant de la cour de Louis XIV... C'est ce paradoxe que définit la conception classique de la vraisemblance.

Vraisemblance et morale

La tragédie, art de l'illusion, imite la vie : le public doit croire aux scènes auxquelles il assiste puisqu'il doit en tirer des leçons. Mais, on vient de le voir, peu importe la vérité historique absolue : il ne s'agit pas de montrer fidèlement le réel, puisque c'est le vraisemblable qui prévaut. L'abbé d'Aubignac, théoricien du genre théâtral, écrivait en 1637 que la vraisemblance est « l'essence du poème dramatique, sans laquelle il ne se peut rien faire ni rien dire de raisonnable sur la scène ». Il ajoute d'ailleurs que « le vrai n'est pas le sujet du théâtre parce qu'il y a bien des choses véritables qui ne doivent pas être vues [1] ». Comme le rappelait Roland Barthes [2],

1. François Hédelin, abbé d'Aubignac (1604-1676), *Pratique du théâtre*, Slatkine Reprints, 1996, p. 76. \ 2. *Sur Racine*, Éd du Seuil, 1963.

c'est parce qu'elle est une « amante » et non une mère qu'Andromaque devient un objet de quête, c'est parce qu'elle se définit comme l'épouse toujours amoureuse de son mari défunt qu'elle suscite la passion de Pyrrhus et que la tragédie est ainsi possible. Une veuve fidèle, loyale à ses engagements et prête à se sacrifier pour sauver son fils, héritier d'un héros hors du commun et d'une lignée royale, est un être plus conforme aux attentes des contemporains de Racine. Présentée ainsi, son histoire les passionne davantage que ne le ferait le récit de la véritable destinée de la compagne d'Hector, passée du statut d'esclave à celui d'épouse.

Le spectateur doit penser que ce qu'il voit et entend pourrait arriver. Mais, là encore, il convient d'éviter tout excès : il ne faut présenter que le « possible » vraisemblable. Il s'agit donc, pour la pièce, d'être conforme à une image morale et culturelle du réel. La jalousie furieuse d'Hermione la pousse certes au crime, mais c'est parce qu'elle a perdu l'esprit sous l'influence de l'amour. Le dépit qu'elle ressent, la rage et le désespoir qui l'animent sont des sentiments extrêmes et dangereux : la vraisemblance classique exige donc que la fille d'Hélène en meure... De même Oreste, personnage de criminel qui agit par intérêt personnel et tue pour y trouver un avantage propre, ne peut, selon les critères de cette vraisemblance, que sombrer dans l'illogisme et la folie... Les sentiments exposés sur scène reproduisent donc toutes les tendances humaines, même les plus déviantes ou les plus perverses, et le vraisemblable classique est fidèle à la diversité des comportements humains... Mais ce vraisemblable n'est pas scandaleux, puisque le spectacle n'oublie jamais qu'il est porteur d'un enseignement moral.

Le traitement des questions psychologiques

Selon Aristote, le véritable héros tragique est un être malheureux, déchiré par un conflit dont il n'est pas totalement responsable. Il a beaucoup à perdre et le conflit qui le déchire le détruit psychologiquement et socialement. Pour que nous éprouvions « terreur et pitié », nous devons le voir passer de l'espoir au désespoir, de la volonté d'être heureux à la certitude d'être malheureux, de la maîtrise de soi à la totale dépossession, à l'aliénation fatale.

Quand les personnages se conduisent de manière immorale et scandaleuse, la vraisemblance est assurée par la présentation minutieuse de leur évolution psychologique. Tous leurs actes sont, en effet, motivés par une contrainte intérieure : la *passion* qui les mène. Le mot, au XVIIe siècle, est riche de significations : aux sens actuels s'ajoutent ceux de sentiment et de sensation physique[1]. Le public ne peut admettre un acte ou un discours que si ceux-ci sont présentés comme les suites d'une passion dont l'intrigue théâtrale permet de représenter les conséquences. L'amour, incontrôlable aux yeux de tout spectateur, la jalousie, la haine, la volonté d'être tout-puissant sont ainsi des passions connues, attestées, reconnues par tous à l'époque et donc acceptées dans la tragédie comme vraisemblables.

Les spectateurs admettent alors que la passion d'Oreste puisse le conduire au crime, puis à la folie. Celle d'Hermione permet de justifier ses exigences vis-à-vis d'Oreste, celle de Pyrrhus nous aide à comprendre qu'il oublie ses obligations politiques[2]. Cependant, la peinture psychologique ne va jamais jusqu'à l'apologie de l'immoralité. Si l'auteur conserve le schéma d'une histoire connue, s'il montre des personnages torturés, s'il traite minutieusement de crimes et de meurtres, le dénouement sanctionne toujours la punition des esprits mauvais. Leur parole exprime leurs conflits intérieurs et explicite leurs décisions : Hermione se repent, trop tard, de sa jalousie et de ses exigences meurtrières, elle se donne la mort pour se punir (V, 3, 1545-1564). Cette fin est dans la logique psychologique du personnage, tout comme la folie d'Oreste est la conséquence inévitable des conflits intérieurs qui le déchirent.

La question du merveilleux

De nombreuses tragédies présentent au spectateur des éléments merveilleux : les auteurs y font intervenir des éléments qui n'appartiennent pas au monde réel. Le monstre surgi des eaux pour tuer Hippolyte, à la fin de *Phèdre*, en est un bel exemple, à la fois « indomptable taureau » et « dragon impétueux » couvert « d'écailles jaunissantes », le front orné « de cornes menaçantes », la « gueule enflammée » (V, 6)... Si le vraisemblable semble mis à mal ici, il n'en est rien pour le spectateur du XVIIe siècle : « l'enchaînement de causes » exposé dans l'intrigue peut produire des « événements ou contre l'attente ou contre l'ordinaire », ainsi

1. Voir les définitions données dans le *Dictionnaire du français classique*, éd. J. Dubois, R. Lagane, A. Lerond, Larousse, 1972, p. 408. \ **2.** La vraisemblance repose ainsi sur une *doxa* (une norme, un accord sur certaines valeurs) éthique qui définit des normes morales et trace, par voie de conséquence, des cas particuliers qui correspondent à la transgression des interdits.

que le rappelle Chapelain[1]. Le merveilleux, aux yeux des doctes, constitue donc un embellissement et un ornement significatif, et il est admis pourvu qu'il contribue à l'intrigue dans le sens des attentes mises en place au cours de la pièce.

Les hallucinations finales d'Oreste dans *Andromaque* appartiennent à cette catégorie du merveilleux : les « ruisseaux de sang » qui coulent autour de lui, la présence de Pyrrhus qu'il croit voir devant lui alors que le roi est mort, le baiser d'Hermione à son amant qu'il discerne dans ses hallucinations, les Érinyes qui le poursuivent, ces « filles d'enfer » qui s'apprêtent à le punir, les « serpents qui sifflent sur [les] « têtes » sont autant d'exemples d'un arsenal merveilleux qui s'intègre sans difficultés dans l'intrigue, dans la mesure où son apparition est pleinement justifiée par la psychologie perturbée du personnage. Ces visions symbolisent en effet sa folie et révèlent l'intensité de son remords, puisque les Érinyes sont les divinités de la vengeance qui châtient les meurtriers et plus particulièrement ceux qui ont assassiné des proches[2].

VALEURS ESTHÉTIQUES ET MORALES DE LA TRAGÉDIE AU XVIIe SIÈCLE

Au XVIIe siècle, la tragédie, considérée comme le genre théâtral « noble », est plus éloignée du public que la comédie. Elle doit plaire à un public socialement bien défini, à qui elle offre l'occasion de méditer sur le sens de la véritable grandeur, et pour lequel elle exalte certaines valeurs fondatrices, telles que l'esprit de sacrifice et l'esprit de générosité.

UN GENRE NOBLE, QUI IGNORE LE QUOTIDIEN

Des sujets élevés

La tragédie s'adresse d'abord à la Cour et à un public choisi. Elle aborde des sujets éloignés dans le temps – les aventures d'Andromaque remontent à l'Antiquité, par exemple – et présente des personnages auxquels le spectateur ne peut totalement s'identifier. Les héros mythologiques[3], les rois anciens ne peuvent être proches des spectateurs qui assistent au déroulement de

1. Jean Chapelain (1595-1674), *Les Sentiments de l'Académie sur* Le Cid. \ **2.** Voir acte V, scène 5. Les Érinyes sont aussi appelées Euménides. \ **3.** Certaines familles servent de support à de nombreuses tragédies : les Atrides, toutes celles qui sont étroitement liées à la guerre de Troie, Œdipe et les siens, Thésée et ses proches, Jason, Médée…

leur histoire. Ces personnages sont illustres, inscrits dans un arrière-plan culturel précis et, s'ils appartiennent totalement aux références courantes des contemporains de Racine, ils sont fort éloignés de leurs existences.

La *catharsis* peut donc ainsi s'exercer plus aisément : aucun contemporain de Racine n'a d'intérêt personnel immédiat dans les problèmes évoqués par l'action d'Andromaque, il peut alors s'apitoyer sur le sort des victimes de la guerre, sur l'innocence martyrisée, craindre pour le jeune prince Astyanax, condamner l'attitude d'un roi qui oublie ses obligations politiques, réfléchir aux conséquences d'un assassinat... Les thèmes traités dans la tragédie révèlent une volonté délibérée d'ignorer les réalités de l'existence concrète : chacun sait bien que l'honneur, le pouvoir et leurs relations avec la passion ne sont pas les préoccupations quotidiennes du commun des mortels.

Une réalité stylisée

Le langage recherché, les images, le rythme même de l'alexandrin constituent aussi des attraits esthétiques qui éloignent encore davantage la tragédie du monde ordinaire. Un roi amoureux ne parviendrait sans doute pas à employer le langage d'un Pyrrhus, qui va jusqu'à proférer des aphorismes (« Peut-on haïr sans cesse ? et punit-on toujours ? », I, 4, 312) et n'hésite pas à supplier une captive dont il tient le sort entre ses mains... Une femme éplorée, éperdue et désemparée aurait sans doute de réelles difficultés à adopter le ton de la veuve d'Hector, capable de rappeler ses obligations à un roi qui tient sa vie et celle de son fils en son pouvoir (« Seigneur, que faites-vous, et que dira la Grèce ? », v. 297), ou de s'interroger sur ses capacités de séduction (« Quels charmes ont pour vous des yeux infortunés », v. 303)... Mais c'est parce qu'il refuse de se soumettre à des conventions « réalistes » que le genre plaît et attire.

Face à ces récits mythologiques ou historiques qui appartiennent au fonds culturel d'une catégorie de public, tous les spectateurs souhaitent découvrir comment s'enchaînent les événements et les passions et comment, en se heurtant au destin, à leurs désirs, les personnages en viennent à subir leur destinée. Les héros deviennent alors des *exempla*[1], c'est-à-dire des caractères qui servent de modèles ou de repoussoir (le plus souvent) ; leurs

1. *Exempla* : mot latin, qui a donné le terme « exemple ». Il a une signification plus large que le mot français et insiste sur la valeur exemplaire, morale et symbolique de l'être ou de l'événement érigé en cas remarquable.

histoires sont emblématiques et ouvrent sur un enseignement moral bienvenu pour les hommes du XVIIe siècle.

UN GENRE MORAL, QUI MONTRE LE VAIN COMBAT DE L'HUMANITÉ CONTRE LA TRANSCENDANCE

Le héros tragique se mesure sans cesse à des forces supérieures : elles sont incarnées par les dieux ou par le destin, ou prennent la forme d'une voix intériorisée plus puissante que la volonté. Le personnage principal, le protagoniste, lutte vainement ; il se bat sans espoir de victoire contre une autorité qui l'écrase et dont il est le jouet. Dans *Andromaque*, Pyrrhus ne peut échapper à sa passion. Ni les obligations politiques rappelées par Phoenix (IV, 6, 1390), ni la jalousie d'Hermione, ni les engagements qu'il avait noués avec elle (il évoque ainsi sa volonté de l'aimer : « Je voulus m'obstiner à vous être fidèle », IV, 5, 1294) ne peuvent le ramener à la raison. Il avoue son impuissance et sa soumission à une force qui le dépasse : « Mais cet amour l'emporte. Et par un coup funeste, / Andromaque m'arrache un cœur qu'elle déteste », v. 1297-1298).

Une crise décisive

La tragédie débute généralement au moment crucial : celui où, conscient de son infériorité, le héros tente une dernière fois de combattre, de se révolter. *Andromaque* commence à cet instant décisif. Pyrrhus doit agir conformément aux volontés de ses alliés grecs : il doit tuer Astyanax, épouser Hermione, détruire Andromaque… Lucide, il se sait victime de sa flamme et tente de lutter contre ses alliés. Parallèlement, il désire obtenir l'accord de la veuve d'Hector, l'épouser et protéger l'héritier du héros troyen en sauvant sa mère. Pyrrhus voudrait concilier son amour et les impératifs politiques, mais c'est impossible. La seule issue pour le héros tragique est l'écrasement, qu'il soit marqué par sa mort (c'est le cas le plus fréquent : dans *Andromaque*, les trois personnages victimes d'une passion « funeste » sont punis par une mort réelle dans le cas d'Hermione et Pyrrhus, par la mort de l'esprit et de la raison dans le cas d'Oreste, devenu fou) ou par une destruction relative (Bérénice et Titus doivent se séparer, par exemple).

Enfermé dans une existence qu'il ne maîtrise pas, le héros tragique est invariablement défait. Souvent, il est même puni pour avoir voulu résister. Son *hybris*[1] le condamne inéluctablement : le héros tragique prétend relever des défis impossibles alors même que l'action, qui montre ses derniers soubresauts avant sa défaite, met en lumière sa vanité et la vérité de sa condition de mortel condamné à se plier aux décisions divines ou à mourir. Pyrrhus, véritablement aveuglé pas son amour, ne protège que l'enfant d'Andromaque. Il refuse de considérer que son geste le conduit à affronter la haine des autres Grecs, ne les voit plus et finit par tomber sous leurs coups. Les jeux sont faits dès l'ouverture de la pièce, l'action ne sert qu'à révéler la vanité de la condition humaine, à mettre en valeur l'orgueil et la démesure des hommes face à la toute-puissance du sacré...

L'ironie tragique

La tragédie nous offre le spectacle de héros engagés dans des combats qui mobilisent toute leur énergie. Pyrrhus sacrifie les intérêts de son royaume et ceux de ses alliés à des choix amoureux personnels. Il oublie qu'il est roi, héritier d'Achille, et prétend malgré cela favoriser son bonheur individuel : il se condamne ainsi à la destruction. La jalousie effrénée d'Hermione, sa haine d'Andromaque, son désir de voir assassiner celui qu'elle adore ne peuvent que la conduire au suicide. Elle ne peut être punie que par sa propre main puisque, Oreste excepté, nul ne peut connaître la véritable motivation de l'ambassadeur... Quant à Oreste, c'est sa naïveté, motivée par la croyance forcenée à la possibilité de réaliser ses rêves au mépris de son statut et de sa fonction (il représente les Grecs, amis de sa victime) qui le conduisent à la folie. La mort serait sans doute une solution trop rapide...

L'ironie tragique réside dans le fait que ce sont leurs propres désirs, leurs actes personnels qui conduisent directement les personnages à la destruction. Chaque fois qu'un personnage croit accéder à ses vœux, il est irrémédiablement puni : Pyrrhus meurt au pied de l'autel quelques instants après avoir épousé Andromaque, Hermione dès qu'elle apprend la fin du roi, Oreste devient fou lorsqu'il apprend la mort d'Hermione... Le tragique réside dans le courroux des dieux et dans le châtiment qu'inflige le destin mais aussi dans la psychologie même des héros. Ils obtiennent toujours l'inverse de ce qu'ils escomptaient, leurs actions se retournent contre eux

1. *Hybris* selon les Grecs, *ubris* pour les Latins : démesure, orgueil de celui qui affronte les dieux.

et, même lorsqu'elles sont réalisées et suivies d'effets, c'est toujours dans un sens contraire à leurs vœux… Impossible, donc, d'échapper à son destin, impossible de résister à la transcendance.

UN GENRE MORAL QUI EXALTE L'ESPRIT DE SACRIFICE ET DE GÉNÉROSITÉ

La tragédie connaît un grand succès au XVIIe siècle parce qu'elle véhicule des valeurs fondamentales pour la société. Elle s'adresse en priorité à la Cour et à l'élite et propose un miroir des valeurs auxquelles se réfèrent ces groupes sociaux. Elle valorise, en effet, le sacrifice, notion fondamentale de l'époque. Elle présente des êtres déchirés par des conflits intérieurs, pris entre leurs intérêts personnels tels que l'amour ou la volonté d'être heureux et des obligations politiques ou morales comme le respect des usages ou celui des engagements. Titus ne peut épouser une reine étrangère puisque les Romains repoussent tout à la fois la royauté et l'idée même d'être soumis à une étrangère[1], Pyrrhus est un allié des Grecs et devrait sacrifier Astyanax et son amour pour Andromaque à la raison d'État. L'impossibilité de trouver le bonheur, de se réaliser pleinement, de s'épanouir, la nécessité de s'oublier au profit de valeurs supérieures, souvent collectives, sont ainsi mises en valeur par la tragédie.

L'oubli de soi, ou la « générosité » au sens de l'époque, est une valeur fondamentale de l'univers tragique. Pourtant, dans les pièces, le héros semble mépriser cette vertu et, en revanche, privilégier l'égoïsme, l'intérêt personnel – défauts et péchés alors vertement condamnés par la morale. Pyrrhus est ainsi parfaitement conscient de sa double trahison, à l'égard des Grecs et face à Hermione. Il le reconnaît explicitement : « éclatez contre un traître ». Mais il sait aussi parfaitement qu'il ne peut en être autrement. En effet, il est soumis au destin et est conscient du fait que sa volonté constitue un obstacle majeur à son retour à la raison et à la loyauté (IV, 5, 1301-1302). Le tragique réside donc tout autant dans le conflit avec les dieux que dans la tension résultant du combat intérieur qui agite les héros. Leur sacrifice jamais totalement accepté est le signe de leur appartenance à l'univers tragique. Le conflit entre la morale et l'amour, entre les contraintes et la revendication d'une liberté individuelle, constitue l'essence même de la tragédie.

1. Racine, *Bérénice* (1670).

GROUPEMENT DE TEXTES : LES VALEURS TRAGIQUES DANS *ANDROMAQUE*

TEXTE 6 • *Andromaque*, acte I, scène 2

La Grèce en ma faveur [...] ce que Troie a sauvé.

> VERS 173-220, PAGES 26-28

La force de la passion

Il s'agit de la première apparition de Pyrrhus. Le roi, présenté par Pylade comme amoureux d'Andromaque (dès les vers 108-109), confirme sa passion devant les spectateurs.

1. Montrez comment le personnage affirme à la fois sa stature royale et sa volonté de ne pas obéir aux injonctions des Grecs.

2. Relevez les éléments qui l'inscrivent : *a*) dans l'héritage paternel ; *b*) dans une histoire récente achevée ; *c*) dans une générosité moralement défendable.

3. Quel rôle les procédés de rhétorique (personnification, métaphores notamment) jouent-ils dans la stratégie argumentative de Pyrrhus ?

TEXTE 7 • *Andromaque*, acte II, scène 1

Pourquoi veux-tu [...] ou bien qu'il la fasse périr.

> VERS 427-448, PAGES 39-40

Le conflit intérieur

Hermione, jalouse et dépitée, tente de résister à sa volonté de se venger. Elle s'adresse donc à Cléone, sa confidente, pour lui dévoiler ses tourments intérieurs. Ce passage permet à Racine de tracer un portrait psychologique précis de la fille d'Hélène.

1. Relevez et étudiez les procédés utilisés par Racine pour révéler le tourment intérieur du personnage.

2. Étudiez l'emploi de l'impératif dans ce passage. Que révèle-t-il ?

3. Quels éléments passés le lecteur apprend-il ? En quoi complètent-ils le portrait du personnage ?

TEXTE 8 • *Andromaque*, acte IV, scène 1

Ô ma chère Céphise [...] c'est à toi de me fermer les yeux.

> VERS 1073-1100, PAGES 72-73

Le sacrifice suprême

Sommée par Pyrrhus de prendre une décision et pressée par l'urgence de la situation, Andromaque a choisi de se sacrifier. Elle va épouser Pyrrhus pour sauver Astyanax mais, désireuse de demeurer fidèle à Hector, elle se donnera la mort après la cérémonie.

1. Comment Racine met-il en valeur la détermination d'Andromaque ?

2. Relevez les principaux champs lexicaux employés : comment renforcent-ils le tragique ?

3. En quoi peut-on dire que le spectateur assiste ici à la préparation de la première étape du dénouement ?

TEXTE 9 • *Andromaque*, acte V, scène 2

Ah ! qu'ai-je fait, Cléone ? [...] Mais que t'a dit Oreste ?

> VERS 1430-1458, PAGES 88-89

L'ironie tragique

Au comble du bonheur, Pyrrhus mène Andromaque à l'autel. Le récit du mariage est assuré par Cléone, la confidente, qui met en valeur à la fois la joie du jeune roi et sa cécité totale à tout ce qui ne concerne pas la femme aimée.

1. Analysez le récit des noces : quels sont les champs lexicaux les plus employés ici ? Quel effet produisent-ils ?

2. Que révèlent les paroles d'Hermione ? Comment la deuxième étape du dénouement se met-elle en place ici ?

3. Quel conflit intérieur Hermione vit-elle ? Quel rôle Cléone joue-t-elle dans la résolution de ce conflit et dans la décision scellant le destin de Pyrrhus ?

TEXTE 10 • *Andromaque*, acte V, scène 5

Grâce aux dieux ! [...] sa rage avec ses sens.

> VERS 1613-1648, PAGES 96-98

L'accomplissement de la destinée : le châtiment

Pyrrhus mort, Andromaque est devenue reine, les assassins du roi d'Épire doivent s'enfuir puisque la veuve du fils d'Achille, par fidélité à son époux et à ses fonctions royales, a décidé de les faire pourchasser. Oreste, repoussé par Hermione, vient d'apprendre de la bouche de Pylade que la jeune femme s'est donné la mort... Fou de douleur, taraudé par le remords, comprenant qu'il est lui-même sa propre victime, le jeune homme sombre dans la folie.

1. Par quels procédés Racine montre-t-il la profondeur de la souffrance d'Oreste ?

2. Quel est l'effet produit par l'invocation du Ciel dans la première réplique d'Oreste ? Comment cette prosopopée accentue-t-elle le tragique ?

3. Quel rôle les interrogations jouent-elles dans la deuxième tirade d'Oreste ? Étudiez notamment l'effet produit sur le spectateur et la contribution de ce procédé à la bienséance.

4. En quoi peut-on dire qu'il s'agit ici de la dernière étape du dénouement ?

5. Pourquoi ce passage est-il essentiel pour la *catharsis* tragique ?

VERS L'ÉPREUVE

ARGUMENTER, COMMENTER, RÉDIGER

L'étude de l'argumentation dans l'œuvre intégrale privilégie deux objets :

■ L'argumentation dans l'œuvre. *Chaque genre littéraire, chaque œuvre intégrale exprime un point de vue sur le monde. Un roman, une pièce de théâtre, un recueil de poésies peuvent défendre des thèses à caractère esthétique, politique, social, philosophique, religieux, etc. Ordonner les épisodes d'une œuvre intégrale, élaborer le système des personnages, recourir à tel ou tel procédé de style, c'est aussi, pour un auteur, se donner les moyens d'imposer un point de vue ou d'en combattre d'autres. Ce premier aspect est étudié dans une présentation synthétique, adaptée à la particularité de l'œuvre étudiée.*

■ L'argumentation sur l'œuvre. *Après publication, les œuvres suscitent des sentiments qui s'expriment dans des lettres, des articles de presse, des ouvrages savants… Chaque réaction exprime donc un point de vue sur l'œuvre, loue ses qualités, blâme ses défauts ou ses excès, éclaire ses enjeux. Une série d'exercices permet d'analyser des réactions publiées à différentes époques, dans lesquelles les lecteurs de l'œuvre, à leur tour, entendent faire partager leurs enthousiasmes, leurs doutes ou leurs réserves.*

Quelle vision du monde, quelles valeurs une œuvre véhicule-t-elle, et comment se donne-t-elle les moyens de les diffuser ? Quelles réactions a-t-elle suscitées, et comment les lecteurs successifs ont-ils voulu imposer leurs points de vue ? L'étude de l'argumentation dans l'œuvre et à propos de l'œuvre permet de répondre à cette double série de questions.

L'ARGUMENTATION DANS *ANDROMAQUE*

PRÉLIMINAIRES MÉTHODOLOGIQUES

Théâtre et argumentation

La tragédie implique, dans son principe même, que l'homme soit soumis à une puissance qui dispose de sa destinée. Chez Racine, cette force qui mène les personnages est généralement intériorisée. S'il leur est impossible de combattre efficacement leurs propres désirs, les protagonistes ne cessent cependant de s'opposer à ceux des autres. Il leur faut alors argumenter, défendre leurs opinions contre les thèses adverses.

De plus, si l'auteur se réfère à la doctrine aristotélicienne, l'art « imite » les actions des hommes. L'œuvre doit alors constituer un lieu de débats et les querelles qui y sont exposées n'ont pas pour unique but de divertir les spectateurs. « Plaire » en effet ne suffit pas, il faut « instruire » ; les argumentations développées par les personnages, médiatisées par un langage poétique et décalées temporellement (au sens où elles s'inscrivent dans des époques mythologiques ou historiquement lointaines), servent autant à présenter leurs sentiments qu'à introduire une réflexion. Les valeurs contemporaines sont ainsi exposées, analysées, présentées, soutenues ou réfutées dans la pièce grâce aux discours des personnages.

Le public n'est pas confronté à un essai théorique : il assiste à une mise en pratique, à une mise en scène à proprement parler des options psychologiques, morales, religieuses ou politiques qui s'offrent à lui. Les choix effectués par les protagonistes l'aident à se forger une opinion personnelle, à trouver sa voie grâce à cette exposition.

Andromaque, *une œuvre argumentative ?*

Andromaque a été considérée comme une pièce traitant de la fidélité : fidélité à un époux, à des valeurs, à une société vaincue et disparue mais encore incarnée par son fils, notamment... Elle fut aussi considérée comme la « tragédie de la fureur », c'est-à-dire, pour les hommes du XVIIe siècle, de la folie. Dans l'univers de la pièce, rien ne semble avoir de sens : le désir entraîne la mort, la volonté de trancher avec le passé pour construire un avenir meilleur mène à la destruction, le meurtre appelle le meurtre, la colère mène à la déraison et au suicide... Nombreux sont les critiques qui discernent dans les œuvres de Racine la marque du pessimisme janséniste, qui ne conçoit pas de possibilité de bonheur individuel.

UNE TRAGÉDIE JANSÉNISTE ?

On sait que le jansénisme est particulièrement important dans la vie de Racine, ancien élève des Petites Écoles de Port-Royal[1]. La pièce fut écrite à un moment décisif : les relations entre le pouvoir et les jansénistes s'améliorent quelque peu et, dès 1667, les partisans de Jansenius commencent à envisager de pouvoir s'entendre avec l'État et l'Église. Si la paix de l'Église n'a pas encore été signée[2], et si la répression continue, les idées jansénistes commencent à trouver des échos dans la « bonne société ».

La reprise des idées jansénistes dans Andromaque

Les partisans d'une morale stricte découvrent, en effet, dans les croyances jansénistes, des thèses qui les séduisent. Si les Jésuites, notamment, s'y intéressent[3], nombreux sont ceux qui partagent le sentiment que l'homme est un être faible, ne pouvant faire que le mal. Seule la grâce divine[4] pourrait le sauver et l'aider à racheter son âme.

Les personnages d'*Andromaque* semblent bien correspondre aux idées jansénistes. Ne parvenant jamais à sortir de l'univers tourmenté dans lequel ils sont enfermés, n'échappant jamais à leurs désirs, ils ne peuvent qu'accomplir le mal. Ils sont privés de toute aide divine justement parce qu'ils ne considèrent l'autre que comme un objet, et parce qu'ils oublient leur situation de créatures soumises à un démiurge. Ils méprisent cette condition, cherchent à manipuler l'autre, en le réduisant à un statut d'objet dont ils veulent disposer à leur gré. Dès lors, ils ne peuvent qu'être sanctionnés. Autrui n'est jamais considéré comme une volonté mais comme une chose à « consommer » et, s'il ne peut être soumis, il doit disparaître. Les meurtres s'inscrivent ainsi pleinement dans cette conception de l'homme abandonné par la grâce. Sans l'aide directe du discernement divin, aliénés par leur propre désir, les personnages ne peuvent que faire le mal et, logi-

1. Voir « L'œuvre dans l'histoire », p. 128. \ 2. Elle ne le sera qu'en 1669. \ 3. La casuistique jésuite, en effet, avait tendance à reposer sur des « cas » particuliers et n'enseignait donc pas de grands principes généraux ou universels mais s'adaptait à des situations particulières. \ 4. Cette grâce active, aidant l'être humain à faire le bien, était appelée la « grâce efficace ».

quement, être châtiés. Leur espoir, celui de vivre dans le bonheur, est toujours irréalisable, la pièce n'est que la démonstration de cette illusion.

Des personnages sans espoir de salut

Dès le début, Pyrrhus est condamné : il est prêt à trahir les siens, à nuire à ses sujets, à oublier les lois anciennes et tous ses engagements (l'alliance avec les autres royaumes grecs, le mariage avec Hermione), à tout sacrifier à la possession d'Andromaque. Il ne peut qu'être détruit... Sa conscience torturée repousse les arguments politiques d'Oreste ou le bon sens de Phoenix. Tout compromis est impossible, toute négociation serait une compromission et reviendrait à l'abandon de ses projets de mariage. Mais cela constituerait aussi une démission et un refus de lutter pour rompre avec l'engrenage des meurtres et des vengeances afin d'aller vers un futur de paix et de bonheur... Il le sait et est prêt à tout endurer[1].

Pyrrhus ne peut exister que dans l'absolu : guerrier impitoyable durant la guerre, il lui est impossible de ne pas être généreux, lorsqu'il aime ; il veut épouser Andromaque. Mais cet absolu le conduit à la faute inexcusable, et donc à la sanction humaine et au châtiment divin. Le mariage était impossible dans le réel : symbole de trahison, d'oubli de toutes les promesses précédentes, de reniement, il ne pouvait être concrétisé. À peine célébré, il est aboli par l'assassinat. L'erreur est une faute, l'illusion un crime et le crime demeure[2]. Cette vision de la pièce permet de mieux comprendre le sort réservé à tous les protagonistes. Tous sont broyés par cette même illusion[3]. Rien ne peut empêcher l'enchaînement tragique lorsqu'il est directement lié à la morale, à la faute...

Cette interprétation permet une lecture plus riche de l'œuvre. En effet, il ne s'agit plus de se demander si Racine est un moraliste, un dramaturge ou un poète, mais de voir que l'auteur de tragédies se préoccupe de tout ce qui

---

1. *Cf.* III, 7, 960-962. \ **2.** Pyrrhus, notamment, est coupable non d'aimer mais d'adorer une ennemie, de vouloir braver tous les interdits, de se construire un univers mental irréalisable, d'oublier la morale et la volonté divine... \ **3.** Hermione est châtiée parce qu'elle croit pouvoir toujours espérer reprendre Pyrrhus et détruire la passion de ce dernier pour sa rivale. Elle est condamnée parce qu'elle ne parvient ni à lire ni à interpréter les signes du présent, parce qu'elle préfère même tuer celui qu'elle aime plutôt que de renoncer à lui. Le suicide est alors la dernière action qui lui reste : se tuer pour abolir sa passion. Elle s'enferme ainsi dans son erreur, préférant mourir que de devoir vivre avec le réel. Oreste est lui aussi réprouvé, parce qu'il commet les mêmes erreurs.

est humain, qu'il ne propose pas de sujets immoraux mais s'attache à montrer que l'homme est conduit à faire le mal, qu'il ne peut lui échapper s'il se soumet à ses propres pulsions. Il ne s'agit ni d'analyser ni de sauver, mais de peindre la catastrophe, de mettre en scène le châtiment et la mort inévitable. Le jansénisme sert d'arrière-plan à cette conception, il justifie et légitime cette vision pessimiste d'un homme déchiré, condamné, damné…

Un théâtre édifiant

Racine se soucie donc moins de vertu que de psychologie et d'humanité. Le théâtre ne se soucie pas de moralité mais de « fable[1] » visant à « plaire » certes, mais surtout à « instruire ». Dans l'optique janséniste, « plaire » est moins important qu'enseigner. Il est essentiel, en effet, de montrer quelle est la véritable condition humaine, de pousser les hommes à prendre conscience de leur nature tragique, de les aider à s'amender pour espérer obtenir la grâce divine.

Il est donc moins important de divertir et de séduire que de convaincre par une argumentation précise et de persuader par un appel aux sentiments, par une peinture psychologique précise, propre à exciter le pathétique parfois et à entraîner des réactions précises. Racine montre des caractères qui « tombent dans le malheur par quelque faute ». Des « hommes impeccables[2] » n'ont pas de place dans la tragédie. Les personnages doivent n'être « ni tout à fait bons, ni tout à fait méchants ».

Ce n'est pas l'âme humaine en général que Racine décrit, mais des âmes individuelles, souffrantes et insatisfaites. L'individu qui se heurte sans cesse à l'autre, qui s'inscrit toujours dans un rapport de forces, est bien un être janséniste… Égoïste, égocentrique, il ne peut que chercher à manipuler les autres pour assurer son bonheur. La menace, le chantage auxquels ont recours aussi bien Pyrrhus qu'Hermione font partie intégrante de leur univers mental. C'est aussi pour cela qu'ils sont condamnés. Niant l'autonomie d'autrui qu'ils traitent en esclaves, ils s'arrogent un pouvoir divin. Leur orgueil est alors châtié : nul ne peut égaler les dieux ni s'opposer à eux sans être détruit. Le syndrome de Prométhée[3] est une faute, surtout aux yeux d'un élève de Port-Royal, imprégné des idées antiques autant que des théories jansénistes.

1. Racine emploie le mot dans la seconde préface.\ **2.** *Cf.* la première préface.\ **3.** Il s'agit de vouloir défier les dieux, les braver en transgressant un interdit.

Andromaque est donc bien l'œuvre d'un écrivain « classique », pétri de culture antique, adoptant la morale chrétienne mais dans une optique pessimiste, fortement marquée par le jansénisme.

UNE TRAGÉDIE DE LA DÉMESURE

Figures de la démesure

Si l'on se réfère aux normes morales en vigueur en 1667, *Andromaque* semble illustrer une conception traditionnelle de la tragédie. Mise en scène de l'excès, elle montre la punition qui s'abat sur ceux qui oublient toute mesure.

La démesure, en effet, est partout présente dans la pièce. Les sentiments de tous les personnages paraissent exagérés si l'on se rapporte au commun des mortels[1]. Est-ce à dire que toute tragédie doit se situer dans le surhumain ? Comment espérer alors en faire un instrument moral ? Cette disproportion est pourtant essentielle. La pièce est une « fable » : elle doit donc être tracée à grands traits, se situer dans l'hyperbole pour constituer un exemple, un fondement à toute réflexion. Les dilemmes présentés sont exceptionnels par leur ampleur et leurs enjeux, ils correspondent à des choix que peu d'humains ont à faire… Tout, dans la tragédie, est surdimensionné : les personnages n'appartiennent jamais à l'humanité moyenne (ils sont rois, êtres mythologiques, célébrités historiques), leurs problèmes sont toujours fondamentaux et mettent en jeu la vie. Les compromis, les négociations, les capitulations sont impossibles, seuls les conflits terribles et fatals peuvent exister[2].

Le spectateur est ainsi confronté à des « monstres[3] », c'est-à-dire, au sens propre, à des êtres qui sortent des normes… Andromaque est plus fidèle à son époux que mère aimante, les amoureux sont plus violents et irréfléchis que dans le réel. Leur incapacité à sortir de leur passion est le

1. La fidélité d'Andromaque est exceptionnelle puisque, non contente de ne pas vouloir oublier un époux défunt, elle envisage de se suicider après être devenue la femme de Pyrrhus. La jalousie d'Hermione atteint l'outrance dans sa violence et dans ses effets, les réactions d'Oreste et sa folie s'inscrivent également dans l'exagération. \ **2.** Toujours placés dans des situations sans issue, les personnages sont emportés et mus par une dynamique intérieure. Pyrrhus est un amant tout aussi enflammé qu'il fut un guerrier implacable, Hermione est aussi amoureuse que jalouse, Oreste aussi égoïste en amour qu'en politique. \ **3.** Des « fauves », écrit Lucien Goldmann (voir texte 16, p. 179).

principal ressort tragique : l'impossible réciprocité amoureuse, l'inaptitude à trouver le bonheur parce qu'il reposerait sur l'abdication de l'autre, sur l'anéantissement de sa volonté, transforment les personnages en « furieux », au sens de l'époque. Si les personnages de comédies sont des maniaques, essentiellement attachés à la réalisation d'une obsession [1], ceux des tragédies sont des fous. Perdant tout bon sens, oubliant toute logique, ils sortent des limites de l'humain. Ils franchissent toutes les barrières, morales, sociales, religieuses, politiques, ils courent [2] vers leur destruction parce qu'ils ne voient plus rien d'autre que l'objet de leur passion et qu'ils ne peuvent ni aisément ni rapidement s'y soustraire [3]. Tous sont emportés par un mouvement continu vers une « catastrophe » qui peut seulement récompenser ou sanctionner leur illusion. Seule Andromaque est finalement épargnée, elle est une victime et sa passion pour son époux a un avenir puisqu'elle finit par se fondre également dans la mesure et dans la norme de l'accomplissement des devoirs maternels légitimes.

La démesure au service de l'intention morale

La démesure n'est pas gratuite, et l'excès même est au service de l'humain. Grossis, les traits ne sont pas suffisamment déformés pour que le spectateur ne s'y retrouve pas. Aveuglés par leur passion, les personnages évoquent pour lui ses propres emportements. Ils illustrent, en les magnifiant pour mieux les éclairer, ses intérêts, ses défauts, ses travers. Vraisemblables puisqu'ils sont « conformes à l'opinion du public [4] », les défauts des héros sont cependant repoussés parce qu'ils sont trop éloignés des principes éthiques courants.

1. Se croire et se faire passer pour noble dans le cas de M. Jourdain *(Le Bourgeois gentilhomme)*, être malade et traité comme tel pour repousser la mort *(Le Malade imaginaire)*, posséder toujours plus pour pallier le manque affectif et lutter contre l'approche de la mort (Harpagon, *L'Avare*), par exemple. \2. Le rythme des pièces obéit à cette accélération, l'exposition est toujours plus lente que le dernier acte qui précipite les personnages vers leur fin. \3. Andromaque ne vit plus que pour son fils et pour célébrer la mémoire de son époux, ce qui, finalement, correspond à la même préoccupation, abolissant toute envie propre et la poussant à envisager le suicide. Pyrrhus n'est plus que désir pour la veuve d'Hector, Hermione pour le fils d'Achille, Oreste pour la fille d'Hélène… Jean Chapelain remarquait, à propos de Chimène, qu'« il n'est pas en la puissance d'une personne de cesser d'aimer quand il lui plaît ». (*Les Sentiments de L'Académie française touchant les observations faites sur la tragi-comédie du Cid*, éd. Hunter, Droz, 1936, p. 171.) \4. Père Rapin, *Réflexions sur la Poétique de ce temps et sur les ouvrages des poètes anciens et modernes*, éd. E. T. Dubois, Droz, 1970, p. 39.

Personnages et héros sont connus du public, ainsi que le rappelle Racine, qui affirme, à propos d'Andromaque, s'être conformé « à l'idée que nous avons maintenant de cette princesse[1] ». L'ampleur des faits relatés est admise d'abord parce qu'elle fait partie du patrimoine culturel, ensuite parce qu'elle résulte d'une amplification littéraire déjà accomplie par d'autres poètes. Grâce à cet élargissement même, l'auteur de tragédies peut offrir matière à réflexion. Les protagonistes qu'il met en scène restent certes humains par leurs faiblesses ou leurs travers, mais, dans l'accomplissement de leurs forfaits, ils doivent dépasser toute mesure. Trop proches de nous, en effet, ils perdraient leur valeur exemplaire. Actualisés, humanisés, ils deviendraient nos amis, nos complices peut-être. La « pitié » qu'ils inspirent ne doit jamais exister sans la « terreur » qu'ils suscitent, et celle-ci vient de la démesure qu'ils incarnent... Sans ce grossissement de leurs défauts, il serait impossible de les juger, de tirer une leçon de leurs aventures.

L'excès et la fureur, seuls, assurent la moralité de la pièce. Parce qu'elle montre des héros aimant l'autre jusqu'à vouloir sa destruction, la « fable » théâtrale permet au spectateur de remettre en question ses propres envies de posséder autrui ou de le manipuler. Le théâtre correspond donc bien à sa définition traditionnelle : c'est un art de l'illusion fondé sur la vraisemblance. Mises à distance, exagérées, les tendances psychologiques nocives deviennent des exemples, elles peuvent subir l'analyse du spectateur et faire l'objet d'une *catharsis* essentielle au théâtre. La fiction, l'imaginaire et le merveilleux rendent le spectacle inoffensif. La représentation du mal est mise à distance : ceux qui peuvent trouver un plaisir à sa contemplation ne chercheront pas à la commettre au quotidien. Et le découpage en actes, le respect des unités, la soumission aux principes de la vraisemblance et de la bienséance, l'emploi du vers même, éloignent encore le récit de la réalité.

Véritable argumentation, la pièce propose un miroir du monde, invite à le comprendre et, peut-être, à vouloir le modifier, sans crainte de voir le public mettre en pratique les idéologies et les gestes représentés.

1. *Cf.* seconde préface.

GROUPEMENT DE TEXTES : JUGEMENTS CRITIQUES

Les jugements critiques réunis ci-dessous, émis à des époques différentes, analysent *Andromaque* selon des éclairages différents. Lisez-les et répondez aux questions posées.

Après avoir lu tous ces jugements, et en vous appuyant sur eux tout autant que sur les réponses que vous aurez apportées aux différentes questions, demandez-vous si *Andromaque* peut être considérée comme une tragédie « morale ».

Pour répondre
Appuyez-vous sur les textes ci-dessus puis demandez-vous si le meurtre de Pyrrhus, le suicide d'Hermione, notamment, peuvent paraître « moraux » au spectateur.

TEXTE 11 • Saint-Évremont, Lettre à M. de Lionne (1668)

Au moment où les contemporains de Racine analysent la pièce, Saint-Évremont écrit :

> À peine ai-je eu le loisir de jeter les yeux sur *Andromaque* et sur *Attila*[1] ; cependant il me paraît qu'*Andromaque* a bien l'air des belles choses ; il ne s'en faut presque rien qu'il n'y ait du grand. Ceux qui n'entreront pas assez avant dans les choses l'admireront ; ceux qui veulent des beautés pleines y chercheront je ne sais quoi qui les empêchera d'être tout à fait contents. Mais, à tout prendre, c'est une belle pièce, et qui est fort au-dessus du médiocre, quoiqu'un peu au-dessous du grand.

Le même auteur ajoute, dans une autre lettre au même correspondant :

> Ceux qui m'ont envoyé *Andromaque* m'ont demandé mon sentiment. Comme je vous l'ai dit, elle m'a semblé très belle ; mais je crois qu'on peut aller plus loin dans les passions et qu'il y a encore quelque chose de plus profond dans les sentiments que ce qui s'y trouve ; ce qui doit être tendre n'y est que doux, et ce qui doit exciter de la pitié ne donne que de la tendresse. Cependant, à tout prendre, Racine doit avoir plus de réputation qu'aucun autre après Corneille.

1. Pièce écrite par Corneille également en 1667.

1. Que signifie, selon vous, le jugement : « c'est une belle pièce, et qui est fort au-dessus du médiocre, quoiqu'un peu au-dessous du grand » ? Quel avis sur la pièce révèle-t-il ?

2. Selon Saint-Évremont, quel est le rôle de l'acteur dans le succès de la pièce ? Est-ce une remarque valorisante pour le texte de Racine ? Pourquoi ?

3. Pensez-vous que l'on puisse « aller plus loin dans les passions » ? Après avoir analysé ce que signifie cette phrase, vous répondrez à cette question dans un paragraphe argumenté qui s'appuiera sur des passages précis extraits de la pièce.

4. M. de Lionne considère que Racine est particulièrement apte à susciter la pitié. Imaginez sa réponse.

TEXTE 12 • Voltaire, *Remarque sur le Troisième Discours du poème dramatique de Corneille* (1764)

Après avoir rappelé qu'il distinguait deux intrigues parallèles dans la pièce, Voltaire ajoute :

> [...] si la pièce n'était pas un peu affaiblie par quelques scènes de coquetterie et d'amour plus dignes de Térence[1] que de Sophocle[2], elle serait la première tragédie du théâtre français.

1. Comment comprenez-vous le terme « affaiblie » ? À quelle « force » Voltaire fait-il implicitement référence ?

2. Pourquoi ce jugement peut-il être rapproché de celui de Saint-Évremont (texte 11) ? Quelle est la critique fondamentale adressée à Racine ?

---

1. *Térence :* poète comique latin (env. 190-env. 59 av. J.-C.), qui propose un comique plus raffiné que celui de Plaute, sans calembour ni grossièreté, développant, pour un public de lettrés, la psychologie des personnages. \ 2. *Sophocle :* poète tragique grec (env. 496-env. 406 av. J.-C.). Auteur de tragédies dont le ressort réside davantage dans la volonté des hommes que dans celle des dieux. Dans la succession de ses nombreuses œuvres, il approfondit la psychologie de personnages plus proches de ses contemporains.

TEXTE 13 • Chateaubriand, *Le Génie du christianisme* (1802), seconde partie, livre second, chap. VI

Analysant, dans son second livre, la peinture des caractères dans les œuvres chrétiennes, Chateaubriand s'intéresse à « La mère – Andromaque ».

L'Andromaque de Racine est plus sensible, plus intéressante que l'Andromaque antique. Ce vers si simple et si aimable :

Je ne l'ai point encor embrassé d'aujourd'hui,

est le mot d'une femme chrétienne : cela n'est point dans le goût des Grecs, et encore moins des Romains. L'Andromaque d'Homère gémit sur les malheurs futurs d'Astyanax, mais elle songe à peine à lui dans le présent ; la mère, sous notre culte, plus tendre, sans être moins prévoyante, oublie quelquefois ses chagrins, en donnant un baiser à son fils. Les anciens n'arrêtaient pas longtemps les yeux sur l'enfance ; il semble qu'ils trouvaient quelque chose de trop naïf dans le langage du berceau. Il n'y a que le Dieu de l'Évangile qui ait osé nommer sans rougir les *petits enfants (parvuli)*, et qui les ait offerts en exemple aux hommes. [...] Lorsque la veuve d'Hector dit à Céphise, dans Racine :

Qu'il ait de ses aïeux un souvenir modeste ;
Il est du sang d'Hector, mais il en est le reste,

qui ne reconnaît la chrétienne ? C'est le *deposuit potentes de sede*[1]. L'antiquité ne parle pas de la sorte, car elle n'imite que les sentiments *naturels* ; or, les sentiments exprimés dans ces vers de Racine *ne sont point purement dans la nature* ; ils contredisent au contraire la voix du cœur. Hector ne conseille point à son fils d'avoir *de ses aïeux un souvenir modeste* ; en élevant Astyanax vers le Ciel, il s'écrie :

« Ô Jupiter, et vous tous, dieux de l'Olympe, que mon fils règne, comme moi, sur Ilion ! faites qu'il obtienne l'empire entre les guerriers ; qu'en le voyant revenir chargé des dépouilles de l'ennemi, on s'écrie : Celui-ci est encore plus vaillant que son père ! »

1. Quelle est, selon Chateaubriand, la différence fondamentale entre l'Andromaque d'Homère et celle de Racine ?

2. Quel rôle les citations du texte racinien jouent-elles dans le propos de Chateaubriand ?

1. *Deposuit potentes de sede* : il [Dieu] détrône les puissants.

3. Cette valorisation de la « correction » de la nature vous paraît-elle correspondre à la peinture des personnages de la pièce de Racine ?

TEXTE 14 • Thierry Maulnier, *Racine* (1935)

Gallimard, coll. « Folio Essais », 1998

Écrivain de théâtre, essayiste, esprit libéral intéressé par la peinture des caractères dans les œuvres littéraires, Jacques-Louis Talagrand, dit Thierry Maulnier (1909-1988), s'est intéressé à la poésie mais également à l'analyse des œuvres de Racine. Étudiant la manière dont cet auteur présente la psychologie de ses personnages, Th. Maulnier remarque :

N'étant point peintre de l'âme, mais peintre d'âmes engagées dans l'action, Racine n'a rien à montrer de ces âmes, que ce qui les pousse à leur perte, l'exige, la prépare, et les aide à la consommer.

Le peintre tragique de l'homme ne définit donc pas l'homme pour la vie, mais pour la mort. Il ne met donc en lui que les sentiments qui l'aident à mourir ou à provoquer la mort ; il ne le peint pas, il le condamne. Pourquoi un Racine se pencherait-il plus que de raison sur le mystère des âmes ? Il les connaît assez, quand il a découvert le territoire de la passion la plus funeste, la prise secrète ou visible du destin. Il ne s'intéresse pas aux sentiments secondaires, aux impulsions mystérieuses, à l'intimité de la conscience et de l'inconscient. Qu'importent les infiltrations et les canaux secrets à celui qui ne peint la passion que là où elle a emporté les derniers barrages ? Racine, poète de la passion, ne la chante pas à sa faible naissance, mais là où elle sait tuer, il n'est pas un peintre du cœur, il est un peintre de la destinée, et, des directions du cœur, il ne connaît que la direction fondamentale, celle qui le jette à sa destinée. Un confesseur jésuite[1] ou freudien[2] sait mille chemins pour parvenir aux cœurs. Racine ne connaît qu'un chemin, qui est le chemin du couteau. La connaissance complète de l'homme importe à qui veut le guérir, non à qui veut le perdre. Le médecin, non l'assassin, doit connaître toutes les articulations, toutes les artères, toutes les fibres ; le prêtre doit connaître les mobiles profonds, et non le bourreau. Racine ne sait que la place

1. Le *jésuite* est un membre de la compagnie de Jésus, ordre religieux fondé en 1534 par Ignace de Loyola. \ **2.** Le *freudien* est un adepte des analyses de Freud (1856-1939), médecin, neurologue et fondateur de la psychanalyse.

de la veine vraiment fatale. Les lieux où il remplit son rôle de sacrificateur ne sont pas sanctifiés pour le pardon ou le miracle. Il conduit ses héros au temple, non pour y être absous, mais pour y être égorgés.

1. Quel est le plan suivi ici par le critique ? Quelle est sa thèse ? Reformulez-la.

2. Quel est le rôle des comparaisons avec le confesseur, le prêtre ou le médecin dans cette argumentation ?

3. Le point de vue développé ici s'applique-t-il selon vous à Andromaque ? Vous répondrez dans un paragraphe argumenté.

TEXTE 15 • Charles Mauron, *L'Inconscient dans l'œuvre et la vie de Racine* (1957) Champion-Slatkine, 1986

Analysant *Andromaque*, Charles Mauron remarque que Pyrrhus est le personnage important, central même, de la pièce.

Rejetant le joug du passé, il affirme brutalement la liberté de son choix amoureux. Par bien des points, il ressemble à Dom Juan et nous verrons qu'Oreste a des traits de son double, Leporello[1]. Un certain sadisme pervers colore d'ailleurs ses inclinations : pour s'éprendre d'une Andromaque au tombeau, la torturer un peu, la regarder souffrir et forcer son consentement, il faut au moins une certaine « morbidezza[2] ». L'excuse de Pyrrhus, c'est qu'il voudrait chasser la mort, la haine et la mélancolie qui l'environnent : bref, il voudrait que l'enfant vécût. Mais revenons à Andromaque.

Entre le tombeau et l'enfant, le passé et l'avenir, elle a sa propre oscillation, qui gouverne tout le drame parce qu'elle n'est, au fond, qu'un autre aspect de l'oscillation de Pyrrhus entre sa fidélité à une Hermione dépassée et la promesse de bonheur futur que lui représente Andromaque. La double intrigue n'est qu'apparente ; un seul mouvement anime l'ensemble parce qu'Andromaque et Pyrrhus sont soudés. Hector dans son tombeau, Hermione

1. Dans la pièce de Molière, Dom Juan a Sganarelle pour serviteur ; dans le *Don Giovanni* de Mozart, le valet, nommé Leporello, est un double grotesque de son maître. \ **2.** *Morbidezza* : mot italien qui signifie « caractère doux, grâce nonchalante » (terme encore employé en français moderne pour désigner la manière de rendre la couleur de la peau en peinture). Le mot est sans doute employé ici avec un sens proche de celui de goût morbide.

abandonnée et jalouse, ont nécessairement cause liée ; ils forment le parti de la fidélité et de la mort. L'autre est celui de l'enfant vivant. Du premier au second, il n'y a qu'une oscillation possible. Finalement, le conflit se concentre dans le couple Andromaque-Pyrrhus, où Pyrrhus représente la pulsion vers la vie et Andromaque la résistance (en même temps que l'objet aimé).

1. Comment comprenez-vous la remarque « Andromaque et Pyrrhus sont soudés » ? Quels éléments du texte de Racine confirment, selon vous, cette analyse ?

2. Quel est, selon Ch. Mauron, le rôle d'Astyanax ? Partagez-vous cette conception ? Vous répondrez après avoir relu les préfaces (et la pièce).

3. Hermione vous semble-t-elle appartenir au « parti [...] de la mort » ? Justifiez votre réponse dans un paragraphe argumenté en vous appuyant sur des passages ou des citations d'Andromaque.

TEXTE 16 • Lucien Goldmann, *Le Dieu caché* (1959)

Gallimard, coll. « Tel Quel », 1959

Analysant *Andromaque*, Lucien Goldmann note :

Andromaque se trouve placée devant un choix, dont les deux éléments, fidélité à Hector et vie d'Astyanax, sont également essentiels pour son univers moral et humain. C'est pourquoi elle ne pourra choisir que la mort qui sauve l'une et l'autre de ces deux valeurs, – dans la pièce et pour elle – *antagonistes et en même temps inséparables*.

Mais, tout en étant le seul être humain de la pièce, Andromaque n'en est pas le personnage principal. Elle se trouve à la périphérie. Le vrai centre, c'est le *monde* et, plus concrètement, le monde des fauves de la vie passionnelle et amoureuse.

Il serait cependant faux d'isoler cette passion sans conscience ni grandeur, qui caractérise aussi bien Pyrrhus qu'Oreste et Hermione, des autres domaines de la vie. Pendant toute l'action, la barbarie, la guerre, les assassinats des vaincus, les ruines de Troie, créent une sorte d'arrière-plan qui nous indique que les fauves de la passion sont des égoïstes dépourvus de toute norme éthique véritable et ne deviennent que trop facilement des fauves dans tous les autres domaines de la vie.

1. Comment comprenez-vous la remarque : « *antagonistes et en même temps inséparables* » ?

2. D'après Lucien Goldmann, quel rôle Andromaque joue-t-elle dans l'intrigue ? Pourquoi son nom fournit-il dès lors le titre de la pièce ? N'oubliez pas de vous appuyer sur la pièce pour répondre.

TEXTE 17 • Roland Barthes, *Sur Racine* (1960)

Éd. du Seuil, coll. « Pierres vives », 1963

S'intéressant à *Andromaque*, et s'inspirant explicitement des analyses de Charles Mauron, Roland Barthes note qu'Hermione est une figure de la vendetta[1] : amoureuse jalouse, elle incarne la loi. Et ne pas respecter ses engagements, enfreindre la « Légalité » conduit à la mort. Il passe alors à l'analyse du personnage de Pyrrhus.

Mais si l'on pense la pièce en termes de Légalité, nul doute que Pyrrhus ne dirige toute l'économie des forces. Ce qui fait de lui la figure la plus émancipée de tout le théâtre racinien (et j'ose dire la plus sympathique), c'est que dans tout ce théâtre, c'est le seul personnage de bonne foi : décidé à rompre, il cherche lui-même Hermione (IV, 5), et s'explique devant elle sans recourir à aucun alibi ; il n'essaie pas de se justifier, il assume ouvertement la violence de la situation, sans cynisme et sans provocation. Sa justesse vient de sa libération profonde : il ne monologue pas, il n'est pas incertain sur les signes (contrairement à Hermione, toute embarrassée dans une problématique des apparences) ; il veut choisir en lui-même et pour lui seul entre le passé et l'avenir, le confort étouffé d'une Légalité ancienne et le risque d'une Légalité nouvelle. Le problème pour lui, c'est de vivre, de naître à un nouvel ordre, à un nouvel âge. Cette naissance ne peut être que violente : toute une société est là, qui le regarde, le *reconnaît*, et parfois il faiblit, son regard sur lui-même est prêt à se confondre avec le regard de l'ancienne Légalité qui l'a formé.

Mais plus souvent ce regard lui est intolérable, et c'est pour s'en affranchir qu'il combat. Le poids d'un amour non partagé se

1. *Vendetta :* coutume méditerranéenne, corse notamment, de vengeance réciproque entre deux groupes, deux familles, pouvant aller jusqu'au crime.

confond pour lui avec l'emprise de l'ordre ancien ; renvoyer Hermione, c'est expressément passer d'une contrainte collective à un ordre individuel où tout est possible ; épouser Andromaque, c'est commencer une *vita nuova*[1] où toutes les valeurs du passé sont en bloc allégrement refusées : patrie, serments, alliances, haines ancestrales, héroïsme de jeunesse, tout est sacrifié à l'exercice d'une liberté, l'homme refuse ce qui s'est fait sans lui, la fidélité s'écroule, privée soudain d'évidence, les mots ne sont plus une terreur, l'ironie d'Hermione devient la vérité de Pyrrhus.

De la destruction de l'ancienne Loi vendettale, Pyrrhus veut tirer non seulement un nouvel ordre d'action, mais aussi une administration nouvelle du temps, qui ne sera plus fondée sur le retour immuable des vengeances.

1. Quelle est la thèse défendue ici ? Quels liens pouvez-vous établir avec celle développée par Charles Mauron (texte 15) ?

2. Quel est le plan de cet extrait ? Quels sont les principaux arguments successivement développés ?

3. Un lecteur, désireux de défendre le parti de la « Légalité ancienne », écrit à Roland Barthes. Imaginez son argumentation dans un développement argumenté et appuyé sur la pièce (ainsi que sur vos lectures personnelles).

4. Dans le temple, vous êtes aux côtés de Pyrrhus quand il est attaqué par les Grecs. Désireux de le défendre, vous vous faites son avocat et, en vous appuyant sur les analyses de Roland Barthes, vous tentez de le justifier et de lui sauver la vie.

5. Imaginez, dans un paragraphe organisé, les arguments que pourraient exposer les opposants de Pyrrhus à la plaidoirie élaborée dans l'exercice précédent.

1. *Vita nuova* : « vie nouvelle ».

SUJETS

INVENTION ET ARGUMENTATION

Sujet 1

Imaginez les paroles que pourrait prononcer Andromaque devant la tombe de son époux. Après avoir rappelé la situation dans laquelle elle se trouve, vous montrerez comment, en imaginant ce que lui répondrait son époux, en songeant aux risques que court son fils, en se rappelant que son sort était essentiel aux yeux de son mari, elle en arrive à la décision qu'elle annonce à Céphise dans les vers 1089-1100 (IV, 1).

Sujet 2

Imaginez le discours que pourrait tenir Andromaque, mariée et veuve de Pyrrhus, devant les habitants de Buthrot. Elle leur demandera de poursuivre les assassins du roi, puis exposera ses intentions et ses craintes pour l'avenir.

Sujet 3

Vous venez d'assister à une représentation d'*Andromaque*. Journaliste dans une revue destinée aux adolescents, vous devez rédiger un article pour rendre compte de cette pièce et donner envie à vos lecteurs d'aller la voir.

Sujet 4 : analyse d'image

En observant la photographie ci-contre, vous vous demanderez comment la mise en scène rend compte du désarroi et de la détermination d'Andromaque. Vous étudierez également le regard de Céphise et tenterez d'en cerner la signification. Quel(s) effet(s) sur le spectateur les attitudes des deux personnages peuvent-elles produire ?

Sujet 5 : analyse d'image

En vous inspirant de la scène rapportée par Pierre Narcisse dans son tableau intitulé *Andromaque et Pyrrhus* (voir p. 184-185), vous imaginerez le discours tenu par Pyrrhus, les supplications d'Andromaque et indiquerez les pensées et les réactions d'Hermione.

Mise en scène de Jean-Louis Barrault, théâtre de l'Odéon, 1962.
Avec Catherine Sellers (Andromaque) et Christiane Carpentier (Céphise).
ph © Agence Bernand/Enguerand

Pierre Narcisse (1774-1833)
Andromaque et Pyrrhus (huile sur toile, 342 x 457 cm),
Paris, musée du Louvre. ph © RMN

COMMENTAIRES

Sujet 6

TEXTE 18 • *Andromaque*, acte II, scène 2

Tel est de mon amour [...] d'aussi cruels que vous.

> VERS 481-504, PAGES 41-42

Après avoir répondu aux questions suivantes, vous commenterez ce passage. Vous pourrez notamment vous interroger sur le registre employé et analyser sa portée symbolique.

1. Relevez tous les termes liés au réseau lexical de la mort. Comment Oreste présente-t-il sa vie depuis le départ d'Hermione ? Quel effet ce récit vise-t-il à produire ?

2. Quelle conception de l'amour Oreste expose-t-il ici ?

Sujet 7

TEXTE 19 • *Andromaque*, acte III, scène 4

Où fuyez-vous [...] j'y souscrirai, Madame.

> VERS 858-886, PAGES 60-61

Après avoir répondu aux questions suivantes, vous commenterez ce passage. Vous mettrez en relief les tentatives d'Andromaque pour émouvoir Hermione, ainsi que la violence de cet entretien (songez que la tragédie vise à inspirer de la « pitié »).

1. Étudiez les métaphores utilisées par Andromaque. Quelle image d'elle-même donne-t-elle ?

2. Quel trait de caractère d'Hermione le lecteur découvre-t-il ici ? Quelle est son importance dans cette scène ?

Sujet 8

TEXTE 20 • *Andromaque*, acte IV, scène 1

Non, non, je te défends [...] ma haine, et mon amour.

> VERS 1102-1124, PAGES 73-74

Après avoir répondu à la question suivante, vous commenterez ce passage, en précisant quel rôle Andromaque définit pour elle-même et pour son fils.

1. Par quels procédés Andromaque trace-t-elle un véritable programme d'éducation pour son fils ?

Sujet 9

TEXTE 21 • *Andromaque*, acte V, scène 4

Que vois-je ? [...] pour lui plaire !

> VERS 1565-1582, PAGES 94-95

Après avoir répondu aux questions suivantes, vous commenterez ce passage en analysant les réflexions d'Oreste. Vous montrerez comment l'horreur de son crime le conduit à éprouver du dégoût pour lui-même, et vous analyserez comment ce monologue révèle la démesure du personnage.

1. Quel est le rôle de ce monologue dans la pièce ?

2. Étudiez la progression du discours et montrez qu'Oreste perd peu à peu toute maîtrise de lui-même.

DISSERTATIONS

Sujet 10

La tragédie vous paraît-elle pouvoir encore aujourd'hui inspirer la « terreur » et la « pitié » ? Vous répondrez à cette question en vous appuyant sur les œuvres que vous avez lues et étudiées.

Indications pour traiter le sujet

Commencez par analyser l'énoncé : les mots « aujourd'hui » et « encore » sont évidemment à placer au centre de votre réflexion.

Demandez-vous ensuite ce qui motive cette question : s'agit-il d'œuvres devenues sans intérêt ? trop difficiles d'accès ? traitant de thèmes trop éloignés du spectateur ?... Bref, trouvez des

questions qui, une fois triées, classées et organisées, vous permettront de dégager votre problématique.
Mobilisez ensuite vos connaissances sur les grands principes qui réglementent l'écriture des tragédies. Demandez-vous ce que signifient les mots « terreur » et « pitié », rapprochez-les de la notion de *catharsis*.
Essayez alors de trouver des exemples précis de pièces qui pourront vous permettre de répondre à la question posée.
Enfin, élaborez votre plan. S'il est évident qu'il faut adopter une progression dialectique, choisissez votre organisation en fonction de votre réponse personnelle (qui n'apparaîtra qu'en conclusion).

Sujet 11

En quoi la représentation d'une tragédie vous paraît-elle essentielle à la compréhension des intrigues amoureuses et politiques ? Pour répondre à cette question, vous vous appuierez sur les œuvres que vous avez étudiées.

■ Indications pour traiter le sujet
Analysez attentivement l'énoncé : la « représentation » est essentielle, on le sait, pour toute œuvre théâtrale, puisqu'elle est l'achèvement réel du texte, qui n'est écrit que dans l'optique d'être joué. Il faut donc organiser votre réflexion à partir des apports du spectacle, de la mise en scène, vous demander ensuite en quoi cette scénographie peut être superflue ou indispensable à la compréhension du contenu. N'oubliez pas de réfléchir aux particularités du théâtre, il faudra, naturellement, faire apparaître vos connaissances au cours de votre devoir. Centrez votre étude sur les relations qu'entretiennent texte et jeu de l'acteur, et interrogez-vous autant sur les apports que sur les réductions, les schématisations ou les modifications que peut entraîner la représentation. Le sujet vous invite en effet à réfléchir sur le rôle de la scénographie ; vous devez vous demander en quoi la réalisation concrète du texte dans une mise en scène permet d'accéder à une meilleure compréhension des thèmes traités.
Construisez un plan analytique, qui partira des évidences (la représentation est le but, la fin du texte théâtral, elle est donc essentielle), passez ensuite aux nuances en montrant qu'elle n'est pas absolument nécessaire pour comprendre le texte qui peut exister seul, être lu, avant de dépasser ces limites en vous interrogeant sur les relations dynamiques d'enrichissement, d'évolution que peuvent entretenir les deux éléments.

Sujet 12

Chateaubriand, dans *Le Génie du christianisme*, remarque, à propos de la Phèdre de Racine, que l'héroïne tragique profère le « cri le plus énergique que la passion ait jamais fait entendre ». Pensez-vous que les tragédies puissent effectivement exprimer des sentiments si violents qu'ils en paraissent uniques ? Vous répondrez en vous appuyant sur les œuvres tragiques que vous avez lues et étudiées.

■ Indications pour traiter le sujet
Analysez l'énoncé ; il faut tenir compte de la citation de Chateaubriand qui valorise les sentiments exprimés en utilisant un superlatif (« le plus »), en généralisant dans l'absolu

(« ait jamais »), en animalisant les expressions des sentiments (« cri »). Il faut donc réfléchir aux sentiments exposés, à leur violence, voir si les tragédies peuvent devenir des textes originaux dans la mesure où leurs protagonistes dépassent également toute mesure dans leur langage.
Cherchez des exemples précis de personnages, de pièces ; centrez votre travail de recherche sur les héros, afin de trouver les êtres les plus tragiques, les plus déchirés. Construisez un plan simple, dialectique, qui partira du plus évident (les personnages, en effet, poussent des hurlements, sont déchirés par des tourments qui dépassent la normalité et ceux de l'humanité moyenne) pour montrer ensuite qu'il faut, sans doute, nuancer quelque peu ces propos : il faut toujours songer à la *catharsis* et aux effets sur le spectateur ; trop l'éloigner des personnages risque de le détourner du but. Enfin, au-delà de ces nuances, vous montrerez que ces héros – êtres uniques et exceptionnels – sont transformés en repoussoirs afin de mieux ramener les spectateurs vers la mesure, la norme, l'expression claire et posée de sentiments dominés.

BIBLIOGRAPHIE

Études critiques

BARTHES (Roland), *Sur Racine*, Éd. du Seuil, coll. « Pierres vives », 1960.

MAURON (Charles), *L'Inconscient dans la vie et l'œuvre de Racine*, José Corti, 1957.

GOLDMANN (Lucien), *Le Dieu caché*, « Andromaque », Gallimard, coll « Tel Quel », 1959.

LARTHOMAS (Pierre), *Le Langage dramatique*, PUF, 1980.

MAULNIER (Thierry), *Racine*, 1935, Gallimard, coll. « Folio Essais », 1998.

NIDERST (Alain), *Racine et la Tragédie classique*, PUF, coll. « Que sais-je », n° 1753, 1978.

POULET (Georges), *Études sur le temps humain*, « Notes sur le temps racinien », t. I, Plon, 1968.

ROHOU (Jean), *L'Évolution du tragique racinien*, Sedes, 1991 ; *Racine. Biographie,* Fayard, 1992.

SCHERER (Jacques), *Racine et/ou la cérémonie*, PUF, 1982 ; *La Dramaturgie classique en France*, Nizet, 1950.

SPITZER (Léo), *Études de style*, « L'effet de sourdine dans le style classique : Racine », Gallimard, coll. « Tel Quel », 1970.

STAROBINSKI (Jean), *L'Œil vivant*, « Racine et la poétique du regard », Gallimard, coll. « Tel Quel », 1961.

Études sur le XVIIe siècle

ADAM (Antoine), *Histoire de la littérature française au XVIIe siècle*, t. IV, Domat-Del Duca, 1954.

BÉNICHOU (Paul), *Morales du Grand siècle*, Gallimard, 1948, coll. « Idées », 1969.

ROUSSET (Jean), *La Littérature de l'âge baroque*, José Corti, 1954.

TAPIE (Victor-Lucien), *Baroque et Classicisme*, livre II, ch. IV (« Classicisme et baroque français »), Plon, 1957.

Collection Classiques & Cie

6 Abbé Prévost
Manon Lescaut

11 Balzac
Histoire des Treize
(Ferragus - La Duchesse de Langeais - La Fille aux yeux d'or)

3 Balzac
La Peau de chagrin

34 Balzac
Le Père Goriot

20 Baudelaire
Les Fleurs du mal

15 Beaumarchais
Le Mariage de Figaro

2 Corneille
L'Illusion comique

17 Flaubert
Madame Bovary

4 Hugo
Le Dernier Jour d'un condamné

21 Hugo
Ruy Blas

8 Jarry
Ubu roi

36 La Bruyère
Les Caractères
(De la ville - De la cour Des grands - Du souverain ou de la république)

5 Laclos
Les Liaisons dangereuses

14 Lafayette (Mme de)
La Princesse de Clèves

12 Marivaux
Le Jeu de l'amour et du hasard

30 Maupassant
Bel-Ami

18 Maupassant
Nouvelles

27 Maupassant
Pierre et Jean

1 Molière
Dom Juan

19 Molière
L'École des femmes

25 Molière
Le Misanthrope

9 Molière
Le Tartuffe

10 Musset
Lorenzaccio

26 Rabelais
Pantagruel - Gargantua

31 Racine
Andromaque

22 Racine
Bérénice

23 Racine
Britannicus

7 Racine
Phèdre

16 Rousseau
Les Confessions

32 Stendhal
Le Rouge et le Noir

13 Voltaire
Candide

24 Voltaire
L'Ingénu

33 Voltaire
Zadig

28 Zola
Germinal

Achevé d'imprimer par Grafica Veneta à Trebaseleghe - Italie
Dépôt légal n° 95883-0/03 - Mars 2012